有
我
就註定要
單身
了啊
F
啞鳴
圖・迷子燒

有五個
姊姊的我
就註定要單身
了啊
啞鳴
圖・迷子燒

李家家訓

第一條　弟弟要以身作則給姊姊看　005
第二條　妹妹的東西也是姊姊的　035
第三條　李家弟弟只有李家姊姊能用　091
第四條　弟弟對姊姊的內衣不准有遐想　139
第五條　遇到困難應該乖乖找姊姊哭訴　181
後記　230

第一條　弟弟要以身作則給姊姊看

「狂龍學長……這種天氣，實在應該休息。」

「是啊，超級寒流，九度的氣溫，不適合訓練。」

「教練是笨蛋。」

「罵也沒用，快喝點熱紅茶取暖吧。」

「謝謝……學長也喝。」

在公誠大學的操場觀眾席，我和大一學妹坐著，中間隔著一個空位。空位上擺著剛從飲料店買來的熱飲，總共有十幾杯之多，是我為了可憐的田徑隊隊友們所買的慰勞品。

我們教練是標準的軍事教育派，不管颱風下雨、烈日酷寒都一樣，該要的訓練從來沒有折扣，多次因為過度訓練鬧上學校的教育評鑑委員會。但他老神在在，十幾年過去，幾十面的大賽獎牌成為護身符，連學生都被虐得甘之如飴，我要不是因為大腿有傷，必定也得在寒風中跑個數千公尺。

含著吸管，吸一口暖暖的半糖紅茶，我居高臨下，看著學弟和學妹們因為汗水在冷風中變成冰水，堆起一張辦喪事的臉，實在相當可憐，於是我剛剛去買幾杯熱飲，算是撫慰他們凍傷的心靈。

「咦？我拿錯了？」學妹驚呼一聲。

我看看手中的飲料，果然是喝錯杯了，她喝到我的熱紅茶，我喝到她的。

「抱歉……」我尷尬地笑笑，「不然那杯不要喝，先喝這杯未開封。」

「沒關係，丟掉太浪費了，換回來就好。」

「喔，好。」

我們交換手中的熱飲，算是物歸原主，便繼續閒聊著有關田徑場上的事。

就這樣，我讀大學三年中的某一個生活片段，所發生的一件稍微尷尬的小事。畢竟女生很大方地繼續喝下去了，我如果不喝，或是有一秒的停頓，就顯得我相當無聊，反正只是無心的失誤，只要假裝沒發生過，趕緊從腦內記憶體刪除即可，過幾天便會忘記。

沒錯，本該如我上述所說這樣發展。

可是我萬萬沒想到，僅僅是一次喝錯飲料的事件——不對，這連事件都稱不上，頂多只能說是一次喝錯飲料的動作——竟然將我推落於絕境長城的七百英尺高牆，在一片白雪的極北之地感受著近年來最慘無人道的寒冬。

迷戀美劇的大姊，最近正在瘋《冰與火之歌》，當然強迫我看了，不知不覺間我突然想起這個場景和這個臺詞。

Winter Is Coming.（凜冬將至）

今年的冬天，似乎會特別難熬吶。

好冷。

我和五姊交往三年了，還沒遇過比今天冷的日子。

原本有試著改口叫她香玲，但十幾年來的習慣很難改掉。為了避免逢人就要解釋血緣關係，我們乾脆就說好在學校還是當姊弟，所以香玲這兩個字又更缺乏練習。

一樣是在滿布熊貓的房間內，一樣是躺在熊貓圖案的床，我坐起身來，伸一個懶腰，看向窗簾外的陽光，卻感受不到一點暖意。

有太陽依然好冷。

我懶懶地問：「五姊，今天想去哪裡玩嗎？」

「動物園。」

「四姊，我不是在問妳。」

「……動物園。」

「五姊，不能換個地點嗎？」

「可是我好久沒去看牠們了，不知道過得好不好。」五姊也坐起，慵懶地摸著緊緊抱她的四姊，像是在照顧寵物。

「不是上個月才確認過嗎？」我真的很想手刃那群不斷繁殖的熊貓，尤其是在冷冷的冬天。

「難得有陽光值得約會，妳確定又要去看那群黑白色的畜生嗎？」我垂下頭。

「不可以當面叫凱凱、宜宜、宗宗和德德是畜生喔，牠們會不高興。」五姊已經在交代等等會面的注意事項。

畜生被叫畜生還會生氣，請問這個世界究竟是怎麼了？

「你們是不是交往超過三年了!?」四姊像蹺蹺板坐上胖子般彈起，然後又覺得很冷，抖了兩下，再度抱住號稱人肉暖爐的五姊。

「嗯，『我們』打算出去逛逛。」我特別強調一下關鍵字，沒理會她不知所謂的話。

「好啊。」四姊點點頭。

「……『我們』是指，我跟五姊，兩個人。」

「和四姊一起去動物園又沒差嘛。」

「我不想再去動物園了……饒過我吧。」

「那改去兒童樂園。」

「四姊，妳也饒過我吧。」

我宛若被槍殺一般，整個人往後倒躺回床，四姊趁機用腿踢我，五姊摸著她那撮永遠翹起的短毛。無論如何雙胞胎姊妹是不可拆散的，就算有的時候，我會希望她們分開一點，不過希望就只是希望，四姊和五姊之間幾乎是有某種引力在相吸，身為李香玲的男友真的萬分無奈，況且四姊常常提醒我們要分手，更是讓我無言以對。

比如說現在……

「所謂三年之癢，蠢蟲弟弟也該偷腥被抓，五妹要提分手了吧。」四姊正色道。

「抱歉，沒有這種成語。」我說。

「龍龍才不會！」五姊有點緊張。

「三年是最適合分手的時間喔，有不少英國學者提出數據證明，在交往三年後分手的男女反而能當好朋友直到永遠，所以蠢蟲弟弟和五妹快點分一分。」

「不行嘛……」

「給我回去妳的房間，跟人肉暖爐使用權說再見。」

「我是很認真地奉勸你們，不知死活的智障蟲弟弟居然想趕我走！」四姊鼓起雙頰，臭屁地說：「我的年紀比你們大，智慧和見識也會比你們高，根據我的人生歷練，你們快要分手了……原因，正是『倦怠期』。」

「……」五姊整張臉皺成一團。

對於連男朋友都沒交過的四姊正在唬爛，身為她的弟弟，除了用暴力矯正外，沒第二種辦法了。

我掀開棉被，拿起放在床頭的體育雜誌，再捲成棍棒狀。

「等等！」四姊用我的枕頭防禦，不依道：「蠢貨弟弟在以下犯上之前，先聽我講完！」

「最後還有什麼要交代的，四姊，快說吧。」我挽起袖子。

「愛情的倦怠期是指戀人在長時間交往的過程中，失去原先的熱情，沒有原先的悸動，戀愛關係轉化為麻木，是國人分手的十大主因之首、每一對情侶最大的難關，保守估計十對情侶中有七對是在倦怠期分手。」四姊背出在網路上查的資料。

「說完了，請把頭伸出來。」

「唔……」

「倦怠期……有什麼徵兆嗎？」五姊蹙起雙眉問。

「有，我知道！」四姊彷彿抓住救命的稻草。

「五姊……別聽她在鬼扯啊。」我隱隱覺得不妙。

「首先，你們每天還有電話熱線超過二十分鐘嗎？」四姊儼然展現出兩性專家的氣勢。

「……沒有。」五姊雙手捧在心窩，像是中了一槍。

「那是因為我們住在一起啊！」來了，我嗅到某種一發不可收拾的味道。

「第二，你們是不是每次約會都在那幾個老地方？」

「……沒錯。」

「那是因為妳每次都選動物園啊啊！」

「第三，你們每次約會是不是都是一樣的步驟，有如例行公事？」

「……是。」

「還不是那幾條黑白色的畜生害的啊啊啊！」

「第四，弟弟最近是不是都沒跟妳談心事？」

「真、真的。」

「我根本沒有心事啊啊啊啊！」

「第五，弟弟最近是不是對外面的女生比較感興趣？比如說田徑隊的……」

「對，田徑隊的小小夢。」五姊眼眶泛淚，委屈地噘起脣。

「撐竿跳的學妹叫芷寧，不要叫人家小小夢，她和小夢真的一點都不像，何況整個田徑隊女生一堆，為什麼老是要說她。」我嘆口氣。

「因為她是田徑隊之花，比我漂亮，又比我會跳……」

「整個臺灣北部沒女生跳得贏她好嗎……還有，五姊比她漂亮多了。」

「……真的嗎？」

「我發誓。」

在我嚴肅的發誓之下，五姊的眼淚總算是在潰堤前止住，身為一位累積十幾年經驗的資深弟弟，我又再度拯救危局於關鍵時刻。假如有一天我不能跑了，光靠寫「如何討好姊姊」之類的書籍，就能夠養活自己，更何況全世界不知道多少人有姊姊，這根本是註定大賣的書。

正當黑暗準備退去，即將迎來曙光之際……

四姊瞇起雙眼，面無表情地問：「第六，弟弟多久沒跟妳說『我愛妳』了？」

「從來沒說過啊……嗚嗚嗚嗚……」

「李香玲我愛妳！」

我高舉雙手，雙臂彎曲呈兩道內彎的弧，雙手指尖抵在頭頂，變成一個超可愛的愛心手勢。只可惜五姊有如被砲彈打穿身體，整個人癱瘓趴在棉被上根本沒看見。

「嗚嗚嗚……好敷衍……嗚嗚嗚嗚，龍龍好敷衍……」

「……」我終究是慢了。

四姊若無其事地要下床，但被我攔腰抱住，這個動作所要傳達的意思很簡單，就是「別想逃啊」；而四姊不停掙扎所要傳遞的訊息也很簡單，就是「放開我，不關我的事」。

請妳馬上給我負起責任！

我們姊弟在房間門口附近扭打成一團，就跟國中、高中的時候一樣。

「去給我安撫好五姊啊！」

「是低能蟲弟弟的錯！」

「妳不提就沒事了！」

「你們進入倦怠期這件事，跟我沒關係！」

「絕對沒有倦怠期！」

「弟弟有個小小夢，五妹也有個痴情同學啊！」

「她不叫小小……等等。」我和四姊同時停下互掐的動作，錯愕地看著對方，我疑惑地問：「什麼同學？」

「就是那個從聖德高中一直明戀五妹到公誠大學的同學。」

「喔，那位同學也考上公誠了？」我漸漸想起來，以前五姊高我一個年級時，就被某位帥氣的男同學告白過，之後我甚至還有收到他們看似曖昧的緋聞照片。只是沒想到那麼巧，這位學長比我們早一年畢業，卻又再度同校。

他和四、五姊同班，我應該稱他學長才對，不過四、五姊高中延畢一年又跟我同班，導致正確的稱謂有點混亂。

「那是、那是因為……他以為我還是單身，所以……想約我出去吃飯……可是我已經……」

五姊擦擦眼淚解釋到一半，就被我以手勢打斷。

「不用說了，我是百分之一千兆相信五姊。吃飯算什麼，就算去看電影、就算去唱歌，統統不用跟我報備，我不想知道，也不用知道，反正相信五姊的心絕不動搖。」我振振有詞地說。

「所以……我、我跟男生出去吃飯、看電影都沒關係……嗎？」五姊恍惚地確認。

「沒錯，絕對沒關係！」我相信五姊，就算她常常懷疑我跟田徑隊學妹有問題也不影響我相信她。

弟弟在某種時刻，是要以身作則給姊姊看的。

我堅定不移。

「我討厭龍龍！」五姊抄起熊貓圖案的枕頭狠狠地扔過來。

「……」現在是什麼情況？我茫然。

五姊也不跟我解釋，躺回床鋪，拉起棉被蓋住全身，表示對談結束，弟弟去吃屎。

四姊拍拍我的肩，安慰道：「這麼多年過去，蠢貨弟弟還是一樣蠢呢。」

「這、這是怎麼回事？」我愣愣地問，但根本不奢望有答案。

不管我累積多少經驗值，姊姊依然是一種高深莫測的生物。

「唉……」

我和小夢同時嘆了一口氣。

「喂，別嘆氣啊，我需要支援！」

我們又再度說一樣的話，隨後兩人相視，同一時間垮下肩膀。

時不時，我會和小夢相約見面，不過通常是過得不太順利的時候。原因很簡單，我讀公誠大學的體育學系，她高中畢業直接進入職場，所以我們的生活圈毫無交集，可以對彼此大吐苦水，順便請教是不是有解決之道。

不過，今天，我和她都遭遇問題。

慘。

我們似乎散發一股慘味，害得咖啡廳的服務生都不敢接近，以為我們是欠債跑路的苦命鴛鴦。

小夢穿著運動服套裝，隨意綁著馬尾，百分之一百的素顏，再加上失眠後的慘澹臉色，連我都覺得不忍心。

「我原本是想問妳有關倦怠期的問題，不過看妳一副要歸西的模樣，還是先處理妳的問題吧。」我把奶精倒進她的咖啡內，試圖替她增加點熱量。

「倦怠期？這算什麼問題？」小夢喝了一小口。

「這可是天大的問題，前天我們原本說好要去約會，五姊卻整天都躺在被窩內。」我誇張地說。

「告訴我詳情。」

「好……」

我用最快的速度將那天發生的事說一遍，包括我信任五姊絕對不會移情別戀，和有個痴情的學長蠢蠢欲動的情況都清楚地說出來。

「你回家，直接找到該學長的聯絡方式，送出一個訊息，大概是說『你只要敢再騷擾我的女友一次，絕對讓你後悔』，要夠兇，要異常的認真。」

「妳確定……我不用對五姊有所表示？還有，那個學長真的沒啥威脅，有需要到這種程度嗎？」我疑惑。

「不用對香玲學姊說，你的行動她自然會知道。」

「真的有用嗎……」

「試試看吧。」小夢沒好氣地說：「雖然這是個爛招，但總比你什麼都沒做好……有的時候我真慶幸早早看透你了，要不然會被氣死。」

「語言攻擊隊友是禁止事項啊。」

「爛男友。」

「喔，那我先去找痴漢學長的聯絡方式了，下次再會。」

我假裝站起來，要去結掉兩杯咖啡的帳，可是衣袖被趴在桌面的小夢抓住。

「休想背叛隊友……」

「嗯，我們是隊友嘛。」我坐回原位。

「我媽……整天都在念我，真的快要讓我受不了了，請支援。」

「上兵李狂龍整裝完畢，隨時可出動支援。」

小夢依然是維持趴在桌面的頹廢姿勢，用低沉的語調和緩慢的說話方式，慢慢地將整個來龍去脈交代清楚，我只是靜靜地聽，偶爾吐槽幾句。

整個事件相當簡單，就是小夢媽媽鑑於自己的寶貝女兒不去讀大學，擔心小夢在學歷至上的社會中會有一個很貧窮的未來，所以不斷動用人脈，去尋找年輕有為的青年才俊。經過長時間的搜索，終於找到一位相貌堂堂、年僅二十五歲、大學畢業就直接到大公司任職的超級績優股。

「這種老梗我看多了，妳一定很痛恨這種相親安排，所以要我擔任假男友去替妳擋掉對不對？」我雙手抱胸。

「你有女友了，這種事就算是假扮也不行。」小夢悶聲道：「況且，見過一次面，我還滿欣賞他的。」

「……什、什麼？」

我鬆下雙臂，收起所有表情，察覺到不對勁，極度的反常。

「妳既然欣賞他，豈不是皆大歡喜，還有問題？」

「是啊……我和他吃過一頓飯後，對方就沒下文了。」

「……」我的雙瞳逐漸失焦，有點認不出眼前的女生是誰。

「喂，這種時候要吐槽我啊……不要陷入沉默好不好。」

「……」

「喂！」

「拜託，妳可是徐心夢欸，什麼時候輪到男生給妳臉色看？」我微怒。

「他也沒給我臉色看，只是交換聯絡方式後已經七天，我沒收到任何訊息。」小夢聳聳肩。

「沒收到就沒收到，是他吃虧。」

「他對我很溫柔，跟你差不多。」

「拍我馬屁沒用啊。」

「我是真心求援……」小夢終於坐起，靠在椅背，「老實講，我出來工作三年，實在受夠每個孤單的情人節和聖誕節了。」

「來找我過。」

「No，我不會去越那條線的。」

「我不懂欸，妳怕孤單，我家可提供六人以上超熱鬧過節團；妳討厭媽媽念，我也可以擔任擋子彈型假男友，妳又幹麼去期待一個姿態很高的陌生男子？」

「他姿態沒有很高，再來他有名有姓不是陌生男子。」

「我認為妳一定會後悔。」我抿起脣。

「人生，本來就是由無數個後悔構成。」小夢淺笑道：「何況，自從沒去讀大學的那天起，我就在後悔了。」

我沒有去咀嚼她說的話，反而像無味的口香糖般吐掉。士氣低落、思想負面的小夢根本不是小夢，所以不是小夢講出來的話，就跟廢棄的口香糖般，是黏在路面逐漸變黑的垃圾。

露天咖啡廳，因為超低的氣溫，只有我和小夢這對笨蛋光顧，我看她單單罩一件運動外套，偶爾會縮縮身子取暖，讓我不捨地脫掉厚毛衣套上她的脖子，即便眼前的女生不是我記憶中的小夢。

我們難得沒有共識，我埋頭喝著咖啡。

「你的腿，還好嗎？」小夢突然問我。

「正常行走都正常，不過一跑起來就很痛。」我搥著右腳綁緊繃帶的大腿，無所謂地說：「反正四個月後的全國大學運動會，我一定能參加，妳不必擔心。」

「嗯……那就好。」

「至於妳現在的狀況，放著不管只會越來越糟。」

「都知道糟了，還不幫我？」

面對小夢的請求，我沒有回應，繼續往她的咖啡加奶精，甚至還加了一包糖。而她只是看著，然後端起喝掉，沒有因為過度的甜踹我，彷彿得了某種急需甜分的病。

「走吧。」我準備去結帳。

小夢站起來，穿好身上的毛衣，灰暗的臉龐終於有些笑容。

我騎車載著小夢到市中心，氣溫有明顯回升，可以從陽光中得到一點暖意。

市區有點塞，不過我騎機車鑽了幾條小路，沒浪費多少時間就抵達目標——一棟熱鬧的百貨公司。找到貴得要死的停車位，我指示小夢去按電梯，兩人從地下三樓直達地上七樓。

雖然整棟建築物是百貨公司沒錯，七樓卻是時尚髮廊，價格是我去剪一次要被五姊念一個月的那種等級。

小夢看我要走進去，急忙拉住我的衣袖。

「是AROS……」她指著雕刻在牆面的英文，低聲道：「我哪有錢剪。」

「我也剪不起啊。」但我還是往內走。

櫃檯大姊笑咪咪地看我進來，沒有客氣地打招呼說歡迎，只是指了指後方，再對我比了個OK。

我和小夢繞路，走進一間休息室，就看見二姊手拿著筷子，便當吃到一半，然後整個人睡著了。簡直是不可思議的睡姿，有機會超越大姊所保持的紀錄。

同時，我也有點心疼，設計師助理的工作實在是太累了，尤其是在這種對品質近乎吹毛求疵的高檔髮廊。

更讓人不捨的是，我和小夢一走近，她立刻就醒了過來，繼續吃著便當，剛剛的睡相彷彿是我的錯覺。

她撥開綠黑相間的長髮，偷偷看了我和小夢一眼，才深深鬆一口氣。

「原來是弟迪和小夢……嚇我一跳。」

「這工作連午休都要這般提心吊膽，乾脆辭職了吧，何苦虐待自己。」

我和小夢一同坐在讓員工休息的長型沙發，二姊收起沒吃完的便當，站起身來伸個懶腰，整理自己的襯衫和長褲，梳著自己的頭髮時，對我說：「我已經不是說逃就能逃的年紀了。」

是啊，我家二姊是大人了，我淺笑道：「我替妳找到一隻白老鼠，她想要一個能吸引男生目光的髮型。」

「適合自己的髮型就是吸引男生目光的髮型啊。」二姊在有些不安的小夢身邊打量。

「我知道亞玲學姊的手藝很厲害，可是在工作時間打擾妳，不好吧……」小夢擔心地說：「而且妳好像很累的樣子。」

「現在是午休時間，幾個設計師都去餐廳吃中餐了，我是自由的！」一點都不自由的二姊認真地說：「不過我真的很累，需要補充體力。」

「對、對不起，我馬上離開……」小夢歉然道。

「只要妳的胸部讓我揉一揉，我的體力馬上恢復。」嗯，真是不意外啊，二姊。

「不可以……我的胸部只有未來的丈夫能碰。」小夢雙手護著胸，茫然地看向我。

「那屁股呢？」

「……也不可以。」

「好失望喔，那大腿？」

「可以……」

「內側？」

「嗯，輕一點……」

在一看就知道砸了重金裝潢的髮廊內，竟然上演一齣賣肉剪髮記，二姊天生變態我是知道的，問題是小夢要拒絕就該拒絕得徹底一點啊！

不過這都要怪我，是李家的核災級汙染源帶壞了小夢，害她漸漸變得不太正常。

兩人條件談妥，小夢坐在一張木椅，二姊去外面推了臺放理髮器具的小車進來，再來就完全沒我的事，乖乖去拿本雜誌坐著看。

當然，依二姊控制人心的能力，不可能不問小夢是不是遇到什麼困難；小夢沒有隱瞞，隨著髮絲墜落在冷色系的瓷磚，她也慢慢地說出來，像是在閒話家常。

「喔……」二姊頗有深意地應了聲。

「還好狂龍願意幫我，要不然我搞不懂男生喜歡什麼。」小夢尷尬地笑笑。

「我只是希望妳換個髮型，看能不能換個心情而已。」我先說清楚。

「換個髮型可不夠，要讓男生耳目一新，靠這套俗氣到當抹布都不夠格的毛衣是不行的。」二姊嫌棄地說：「等等剪完頭髮就扔掉，以免我看太久審美觀會被破壞。」

我，毛衣的主人表示：「……」

「不能扔，這件毛衣對我有重要意義。」小夢揪住毛衣衣襬，閉起雙眼，彎起笑眼說：「是一位很重要的朋友借我穿的。」

「什麼爛朋友，借妳一件大便色的毛衣。」二姊嘖了聲。

我，咖啡色毛衣的主人表示：「……」

「我認識這位朋友很久很久了，久到……像是某種生活習慣一般。我有問題會找他，他有問題會找我，有的時候，兩個人就算討論不出問題的解答，光是坐在一塊喝個咖啡，就是很棒的事。」小夢還在微笑。

「我是隨口說說的，別介意。」二姊手中的剪刀正在快速張合。

「不過，我最近覺得，實在是太依賴他了。所以，嗯，還是要學會過自己的生活，換換髮型、換換裝扮，希望能多交交新朋友，不然永遠是馬尾和運動服，真的比高中時期還墮落呢。」

「他一定是妳最好的朋友。」

「怎麼說呢？」

「能讓女生覺得不打扮也無所謂的那個人，一定是最好的朋友。」

小夢一愣，隨即燦笑道：「真的耶。」

「等到妳覺得在他面前放屁都沒關係，那就是可以結婚了。」二姊持續補充歪理。

「放、放屁什麼的，我不敢啦。」

「再過幾年就敢了。」

二姊說完，同時剪完。去掉原本的馬尾，她替小夢剪了一個幹練的短髮。雖然小夢身上依舊是我的俗毛衣，可是俐落的短髮讓她精神許多，宛若回到三年前，不顧一切反對，毅然決然出社會工作的小夢。

「謝謝……亞玲學姊，我真的很喜歡。」她看著鏡中的自己。

「在我的記憶中，還是那個短頭髮的女孩子，才是最棒的小夢。」二姊也很滿意。

我暗自慶幸，好險有帶小夢來找二姊。一下子，高中時期的回憶，像是投入曼陀珠的可樂噴發出來，瀰漫著一股專屬於青春的青澀滋味。

「光是換個髮型不夠，晚點我下班，一起去逛逛百貨公司。」二姊指著樓下。

「嗯，我等妳。」

「二姊，我們去外面晃晃喔。」

「好，大概要等我三個小時。」

我們依言到賣場去逛，不過沒有特別想買的物品，我隨手拿一份ＤＭ翻閱，端詳著是不是要買個東西送給五姊，所以沒注意到原本並肩走在一塊的小夢已經消失。

「咦？」我回頭一望，發現小夢在後方五十公尺處停步，「喂，妳在幹麼？」

她完全沒聽見，就算我們之間並不是間隔太多人，這代表小夢看著牆上的看板看到相當入神的程度。

我走到她身邊，沒打擾她，一起看向一幅發光的廣告，宣傳一場名為「美麗臺灣」的攝影大賽。當然有詳盡的比賽規則，不過我沒刻意去看那些小字，倒是比賽題目「臺灣最美的風景是人」以及獎金三十萬，立刻吸引我的目光。

「妳要參加？」我問。

「……很想，不，或許我能靠比賽來逆轉目前的問題。」

「什麼問題？」

「沒事、沒事，我們走吧。」小夢嘴巴這樣說，但顯然很在意。

她不說的原因，可能是某種念頭還在心中醞釀，所以我沒追問。

走到此樓層的電梯處，我才想起下午得回公誠大學一趟。仔細衡量一番，等走進電梯內，還是決定雙手合十道歉，坦白說我等等要先離開，但會拜託二姊帶她回去。

小夢沒有生氣，一直說沒關係，離捷運站不遠，自己可以搭車。

叮一聲，電梯門開了，她的手機也在同一時間響起了。

小夢邊走邊接，語調突然上揚至少一個Key。

我連問都不用問，就知道是她的相親對象打來。

苦笑著，我揮揮手算是告別，逕自走出這棟百貨公司。

浴室。

煙霧瀰漫。

我洗著已經感到燙的熱水，撫慰過度寒冷的身體。我討厭冬天，冷到整個人都不對勁，坐在塑膠板凳上，大腿夾蓮蓬頭，讓水不斷沖我的肚子，空出來的雙手抓抓頭皮，希望把頭髮洗乾淨。

看著前方的鏡子，我看到的不是自己，而是昨天中午的小夢。

就算我認識她超過五年的時間，可是有的時候還是搞不懂她。我不敢說小夢的長相和身材能到模特兒的程度，但至少是男生會喜歡的可愛容貌，個性上比較硬一點，不過女生特有的溫柔她也不缺，而且比一般女生更有主見和想法，無論如何這都是令人欣賞的魅力。

所以她還需要透過類似相親的模式找男生？

不可思議，真的。

再來，她才二十一歲，又不是多老，這麼焦急要找個男朋友難道只是希望媽媽不要再念嗎？看起來不像，她接起電話的高揚語調是我從未聽過的，代表小夢是真的很期待對方的來電。

「唉……四姊，等我洗完再換妳。」浴室門被轉動的嘎吱聲打斷我的思緒，九成又是想搗亂的四姊。

接著我聽到鑰匙的聲音。

「喂，妳這樣犯規，我們不是有簽訂洗澡和大便是和平時間嗎？」

下一秒，門還是白目地開了，不過走進來的不是四姊，而是手上拿著一罐透明液體和大毛巾的五姊。

「妳也一樣，我們不是說好長大以後不一起洗澡了？」我雙手遮住重點部位。

「我又沒要洗，所以沒違反約定。」五姊綁起幾年前剪斷如今又留長的頭髮，穿著一身像牙科助手的白色工作服，挽起了袖子和褲管，一臉認真地說：「這幾天二姊給我一張教學光碟，我大概看了有三十遍喔，還做筆記和畫圖解，如今已經學成出關！」

「……等我洗好，我們再好好討論。」

「不要嘛，現在讓我試試看，二姊說可以幫助我們突破倦怠期耶。」

「我怎麼感覺不太妥當……」

「試試嘛。」

我猜大概是什麼按摩的新招吧，五姊其實根本不用為我浪費時間去學，我跟她之間哪有什麼倦怠期，要不是四姊在那唬爛，五姊根本沒聽過這個辭彙，完全沒機會擔心絕不會發生的問題……等一下！

「妳幹麼脫衣服啊？」我隔著滿是霧的鏡子還是能看見她脫掉長褲，上衣也已經掛在脖子旁。

「光碟就是這樣教的嘛～嘿咻。」她竟然還給我嘿咻一聲將上衣脫掉，雙手伸後要去解開淺藍色的內衣。

「等等！到底是什麼光碟，還要脫掉衣服？」我想拿毛巾去遮五姊，但我全裸不敢動。

「泰國祕之術，回春泰國浴。」五姊漾起甜甜的笑容，「很辛苦欸，女生替男生洗澡還不能用手……害我練習好久喔！」

「不要把色情片當成教學光碟啊！S●D都是假的好嗎啊啊啊啊！」我雙手抱頭，蓮蓬頭頓時亂射。

五姊全身溼透，看神情似乎漸漸感到冷意，即便浴室的溫度比較高，但外頭還是只有十三度的低溫。

「可是二姊說龍龍一定會超喜歡！」

「我不喜歡啊！」

「龍龍……原來，不喜歡……」

五姊嘜起脣，雙手無力地放下，像是在責備自己很笨很沒用，看得我於心不忍，畢竟她是一片好意，只不過是被萬惡的二姊汙染以及誤導罷了，不過泰國浴……無論如何都洗不得。

「過來。」

「喔……」

我一手遮重點部位、一手拿毛巾裹住五姊，還差點狼狽地滑倒，而五姊直接投入我的懷中，額頭頂在我的左肩，像是小狗一樣磨蹭。雖然我常看見她裸體，不過現在只有一條溼浴巾浮貼出她的身體線條，看起來比全裸更誘人，害我有點不知道該怎麼辦。

五姊的體溫比一般人高些，但在我懷中的她抱起來卻有點冷，萬一感冒就太糟糕了，我連忙用遮住重點部位的手將蓮蓬頭掛在高處，讓熱水淋在我們身上，希望恢復她的體溫。

「龍龍……還是好溫柔呢。」她膩聲說。

「溫柔個屁，要是妳感冒又傳染給我，會耽擱我的復健療程。」我拿起洗髮乳倒一點在五姊頭頂，熟練地搓揉溼潤的髮絲。

「身體也要沐浴乳……」五姊縮起肩，順勢將右肩的肩帶卸下。

「這樣犯規了啊。」

「對不起嘛。」

「妳不要一邊道歉一邊脫啊！」

「因為龍龍最溫柔了。」

「我只替妳搓背喔。」

「正面也要……」

「妳自己洗。」

「龍龍是小氣鬼！」

不知道是不是被四姊傳染某種腦神經病變，五姊大喊一聲，閉緊雙眼，沒頭沒腦就朝我撞來，害我被逼到後背是牆、前胸貼她的胸，一冷一熱、一硬一軟，這到底是什麼怪異的感受。

「妳到底在幹麼？」

「二姊說，這是乳壁咚。」

「叫她不要再亂教了啊啊啊啊啊！」

「龍龍喜歡嗎？」

「不喜……」等等，這不是剛剛才上演過的戲碼嗎？要是我老實說不喜歡，又會再重複一次剛剛的對話，根本是沒完沒了，再加上五姊裹身的浴巾已經掉在地上，如此尷尬的場面要是再繼續，我怕會克制不住某種壞念頭啊。

「喜歡嗎？」她再問。

「還、還算喜歡。」

「太好了，那我再多撞……」

「一次剛好，多次就沒新意了。」

「喔。」五姊點點頭，終於願意分開，她雙手在胸前互相搓著，弱弱地問：「龍龍是喜歡我，還是田徑隊的學妹呢？」

「不用去想這種問題，笨蛋。」

「可是、可是……聽四姊說，她長得有點像小夢，我就很擔心……」

「就算她真的是小夢，妳也不用擔心。」

「我可以去找她談談嗎？」

「不可以。」

「我可以去偷偷觀察她嗎？」

「……不可以。」

五姊委屈地鼓起雙頰，算是對我採取無聲的抗議。

「這位學妹就是很單純的學妹而已，大一生，對校園都不懂。剛進入田徑社，還很陌生，剛好我又受傷不用參與練習，所以我有比較多的時間帶她熟悉環境，僅此而已，其他都是四姊編造的妄想。」

「可是……雲逸都說龍龍是『學妹殺手』，剛好田徑隊的……又是學妹。」

「學、學妹殺手？」我翻著白眼，正在構思要怎樣讓雲逸生不如死。

「龍龍真的是學妹殺手嗎？」五姊憂慮地問。

「絕、對、不、是！」我刻意強調。

「嗯，我相信龍龍。」

「……謝謝。」

為什麼要道謝？突然覺得自己很荒唐，無力地搖搖頭算是結束話題。大概是看我在瞬間老了幾歲，五姊也沒繼續追問，我們終於能輪流搓對方的背，沖水將彼此的身體都刷乾淨，一起洗完澡出去，讓她用吹風機替我吹頭，我用乾毛巾替她擦頭髮。

其實互相合作的洗澡方式還滿不錯……

「明天如果龍龍中午就沒課，一定要等我喔。」五姊轉小吹風機，讓我聽得見她說什麼。

「幹麼？」

「一起洗澡。」

「……提案否決。」

「為什麼！」

「因為我們長大了啊。」

「龍龍不陪我洗，我就去找別人洗喔！」五姊皺著鼻子，惡狠狠地恐嚇。

「ＯＫ，我允許妳去。」我勝券在握地哈哈大笑。

第二條　妹妹的東西也是姊姊的

公誠大學的設備，真的比聖德高中好上幾個檔次，尤其是體育系的健身設施真是高端大氣，引體向上訓練機、伸展羅馬椅、飛輪健身車、舉重訓練架、擴胸舉重床、平臥推舉床、電動跑步機、交叉訓練機、爬梯踏步機等等一堆，多到我很多都沒用過。

也許還是比不上外頭占地千坪的健身房，但至少這裡持教職員證或體育相關科系學生證就可以免費使用，造福不少窮學生。難怪這幾年公誠大學的隊伍在外征戰獲獎無數，不只田徑隊，棒球隊、籃球隊、游泳隊都是金光熠熠。

我一個人在跑步機上，將速度調到最慢，慢到接近在走的程度。

走了十來分鐘，我一點想流汗的感覺都沒，不免心煩意亂，超想把速度調快，可是怕受傷的腿又加重傷勢。

「學長！」

我習慣用最角落、人最少的跑步機，所以這聲突然的「學長」一定是在叫我。

「不是剛練習結束嗎？怎麼又跑來這？」我問。

「想跟學長說話，請問……可以嗎？」

「當然可以啊。」

「謝謝學長。」

學妹有個很可愛的名字叫芷寧，她正打開我旁邊的跑步機，讓我趁機打量她一番——紅白色的運動背心露出毫無多餘脂肪的小腹和腰，過分緊身的運動短褲完美呈現她健美的雙腿，修長又特別的白。

不得不說這位學妹相當難得，依我在田徑隊，不，不只，依我在體育學系打滾三年的經驗來看，女生的數量本來就偏少，再加上競技訓練、過度曝晒和肌肉發達，所以要合乎一般人眼光的漂亮女生又更少。

於是，只要出現一位，基本上就是體育學系的寶貝，集萬千寵愛於一身。

遙想大我兩屆、現在已經畢業的學姊，是上一代的田徑隊之花，因為萬草叢中一點紅的關係，平時囂張跋扈，欺負學弟妹，最後被田徑隊開除，沒啥好下場。

而芷寧則是意外地尊重學長，讓我有點不習慣。

「學長……在看我嗎？」她喃喃地說。

「是啊。」

「謝謝學長！」

「教練的訓練量很重，妳不好好休息，還陪我跑步幹麼？」

「這是我的榮幸，希望學長不要介意。」

「說真的，妳不用對學長或學姊太客氣，以免反而被欺負。」

「就算學長欺負我，我、我也會默默承受，不會告訴教練的。」

「……」一股倦意無情地向我襲來。

「能被『公誠的疾風孤狼』欺負，是我最快樂的事。」學妹認真地說，但看得出有氣無力，「這外號是形容學長迅疾如風，每次比賽都甩開其他跑者，猶如孤狼一般獨自邁向終點。」

「不要詳細解釋這種中二外號啊！」我翻著白眼。

「公誠的疾風孤狼又簡稱『公誠之狼』喔！」芷寧憧憬地喊。

「不要給我隨便亂簡稱啊啊啊！」

「……還有，『學妹殺手』也是很多人說。」

「……這不是某個腔腸動物胡扯的外號嗎？怎麼會傳到隊上？」如果殺人不犯罪的話，今天就是雲逸的最後一天了。

「因為系上不少大一女同學都暗戀著學長，說你待人溫柔又體貼，很會照顧女生，為人處世又成熟。」芷寧正經到我分辨不出是不是在吐槽我，「所以其他眼紅的學長都在背後叫你學妹殺手……呼呼……但我覺得學長……」

我伸手將她的跑步機關掉，雖然她調的速度並不快，但她剛訓練完，又漸漸喘到不能正常說話，就不應該再繼續跑了。

芷寧的胸口上下起伏，走下跑步機，可是步伐不穩，我連忙扶住她。

「……學長總是這麼貼心。」

「只要是正常人都會伸出援手吧。」

「對我來說……學長是最特別的，我來公誠讀書……完全是為了學長喔，不管我付出多少努力……也是、也是為了學長，只要是學長開口，我願意為你做任何事……真的，我願意做……任何事。」

「我有女朋友了，別對我告白，還有，別選在臉色蒼白、全身冷汗的時候告白啊。」

「學長這樣的男生……沒女朋友才是怪事，我、我不敢……奢望能……不對，我根本連跟學長告白的……資格都沒有。」

「慘，妳已經在胡言亂語了，快點給我喝水下去，不准再說任何話。」

「為了報答學長給我的恩情……我、要我……就算要我當學長的專屬奴隸也行。」

「閉嘴，馬上喝點水，快！」

我雖然不是醫生，不過在操場上看多了，芷寧的樣子就是運動過度，身體缺乏水分，出現脫水的症狀，下一秒大概就是要暈倒了。

果然……

芷寧沒再說話，而是乾脆地暈倒。我深怕她摔傷，尤其是弄傷腿的話，恐怕會影響之後的全大運，所以傾身去接住她。問題是她全身溼透，貼在我身上，密合到我完全能感受到她上半身正面的每一處。

我小心翼翼地抱著她，藉著過去我和四姊纏鬥的經驗，用連我都覺得不可思議的姿勢，慢慢將芷寧挪到我的後背。

附近又沒人可以支援，所以只好靠我一人，搞到滿身大汗，分不出是我的汗還是她的汗。

為什麼需要幫助的時候，那些說我是學妹殺手的同學們總是不見蹤影。現在我可是背著田徑隊之花喔，光是用背就能感受到她隱藏在運動服下的身材相當驚人，快點來跟我搶啊……

「唉。」

我一個人壓力好大。背負著未來之星，甚至可能是以後的亞運金牌，真的超怕弄傷她或不小心摔倒。要是有個萬一，恐怕教練會因為我折損未來的臺灣之光而拿刀砍我。

害我遇到人也不敢浪費時間尋求支援，只好硬著頭皮往保健中心跑去，找到值班的醫生，才算是達成階段性任務。

我不敢走，打電話找芷寧的同學幫忙。醫生也說是脫水，問題不大，只要打完

點滴、好好休養就會康復，我卻還是一直等到芷寧同宿舍的好朋友來接手，才偷偷離開保健中心。

「奴隸……嗎？哈哈哈……我應該錄音才對，等她恢復正常一定會羞得想死。」我邊笑邊走。

大腿痛到讓我的身體都在發抖。

大腿的劇痛，在四十八小時內施行「能走絕對不跑、能站絕對不走、能坐絕對不站、能躺絕對不坐」的二十四字超長指導方針下，已經徹底恢復到不跑就不痛的狀態，整整兩天過去，姊姊們沒發現我的異樣。

所以四姊還給我一疊門票，她的公誠大學魔術社要舉辦一年一度的表演秀，於是她需要弟弟和妹妹支援幫忙。嗯，沒錯，她只是找我和五姊去幫忙而已，不是找我們去看秀，門票要我幫忙賣，明年的社費都打算靠這場賺飽。

讓四姊帶三年的魔術社，我相信值得觀眾掏一百元買票，不過畢竟是收費性質，和過去免費的成果發表完全不同。四姊整個人緊張兮兮，情緒不太穩定，用大三學姊和社長的身分罵人。

整個密閉的中型劇場，都是四姊的聲音。我和五姊則是躲到觀眾席最後，替魔術社謄寫邀請卡和文宣，沒派我去搬道具或裝布景真的是不幸中的大幸。

「社長，負責第二段的阿雄，剛剛還是沒通過連續十次試演……怎麼辦？要拔掉他嗎？」魔術社副社長跟在四姊屁股後面問。

「十次失敗幾次？」四姊的眉毛在抽動，這是爆炸前兆。

「兩次……」

「兩次都是失敗在過門？」

「嗯……」

「給我拔掉這條該死的廢蟲，第二段的演出讓小幻取代，要她加緊練習，時間所剩不多。」

「是的。」

四姊用在家絕對看不到的認真、專業、嚴肅、負責的態度，在領導整個魔術社運作，讓我渾身不對勁，常常想偷偷吐槽她，但迫於強大的氣場又硬生生吞回去。

即便如此，我也不得不承認，二十二歲的四姊已經和我記憶中的那個幼稚、中二、荒唐、自大、傻氣的四姊完全不一樣，成熟的李金玲是一位讓人尊敬的人物。

當她巡視一圈，坐在我和五姊中間，睜大沒有戴瞳孔變色片的雙眼看我後，我才驚覺她可能完成了一次蛻變。

「你們下午沒課，就陪我聊聊天吧。」四姊稍稍放鬆。

五姊拿開原本放在大腿的整疊邀請卡，興致勃勃地問：「好啊，聊什麼？」

「我昨晚突然想起一件很重要的家規。」

「哪一條？」

「弟弟的東西都是姊姊的吧？」

「當然是。」

「所以妹妹的東西也是姊姊的才對啊。」

「「……」」我和五姊互視一眼。

首先，我要道歉，我前面講的一大串，說四姊多成熟云云，其實都是我的妄想。對不起，會誤認李金玲有所成長是我的錯，她的實際心智從國中二年級後就沒動過了。

在我感嘆之餘，五姊終於反應過來，著急地說：「家規只有『弟弟的東西都是姊姊的』這條，所以妹妹的東西還是妹妹的！」

「妹妹的東西是妹妹的，弟弟的東西也應該是弟弟的啊！」身為弟弟的我嚴正抗議。

「五妹真卑鄙，弟弟都讓妳使用三年了，也該輪到我。」四姊雙手抱胸，癟著嘴生氣。

「不要，四姊快點死心！」

「可惡，妳這個不聽話的蠢蛋妹妹！」

「妳才是笨蛋姊姊！」

是的，從頭到尾，她們都沒理會過我的嚴正抗議。我原本以為這麼多年過去，李家弟弟的人權會得到伸張，但實際上連根毛都沒增加，就和食物鏈中的弱肉強食一樣，恐怕千萬年不變。

「好吧，看在妳是我的雙胞胎妹妹的分上，我就大發慈悲告訴妳一個殘酷的事實。」

「什、什麼事實？」

嗯，她們持續無視我的存在，進入雙胞胎獨特的對話模式。

「有看過《第一神拳》嗎？」

「電視有播，看過一點點……」

「裡面的主角拿到拳王頭銜之後，五妹知道要幹麼？」

「回……回家吃飯打掃……嗎？」

「錯，是繼續留在擂臺上，接受無數挑戰者的對決，守護自己的拳王腰帶，俗稱拳王保衛戰。」

「所以……呢？」

「我就是第一個挑戰者！」四姊昂首嬌笑，狀似中邪，「後面還有二姊、三姊、小夢、小小夢……」

「她叫芷寧，不叫小小夢。」

「和無數的學弟妹要等著挑戰妳啊！」

「……請問，學弟是怎麼回事？」我的發言依舊無力，根本沒人鳥我。

倒是五姊緊緊揪住我的手臂，慌張地說：「不要嘛，我拿到拳王……就想回家吃飯打掃呀……」

「不准，妳給我打起精神來迎戰，否則就是認輸！」

「不要迎戰，也不要認輸……」

「妳躲也沒用。」

「我要把龍龍藏起來！」

五姊拉起我的手臂，氣得滿臉通紅，堅定的眼神似乎在說，馬上跟我一起去躲好。倒是四姊無動於衷，連看都沒看我們，雙眸盯著舞臺上的進度，抹上脣蜜的脣微微張動說話。

「不管藏在哪，挑戰者都會找到，死心吧，五妹。」

「才不會！」

難得看到她們爭執，我原本是想扮個和事佬，但五姊一副完全沒得談的模樣，將我半拖半拉帶出劇場外面，外面的冷風讓她冷靜不少。

我們漫步在公誠大學內，雖然氣溫很低，可是五姊的手放進我的外套口袋，她的熊貓圍巾也圍住我的脖子，分享彼此的溫暖，就算冬天，偶爾像這樣閒晃也是挺好。

就算五姊還是擺著生氣的臉，我卻是微笑著想起，有個祕密從小到大我都沒告訴過她——每當她和四姊爭執，我心裡總是偷偷站在她那邊，即便我沒有任何明確的行動或表示。

我猜是因為太冷，又是上課時間，所以整條由大樹遮掩的小道靜得好舒適。

「說真的，妳們加起來都四十四歲了，怎麼還像十四歲一樣吵架。」我輕捏五姊軟軟的手掌。

「是龍龍不懂……」她還是嘟起脣。

「我剛剛在場，怎麼可能會不懂啊。」

「四姊是故意用小孩子吵架的方式告訴我，表示事態危急，不注意不行了，還特別提醒我，小小夢最危險，而且我連躲都不行躲喔，怎麼辦……」

「……我是不覺得神經大條的四姊有想這麼深欸。」

「龍龍，這次我們遭遇的倦怠期，是我這輩子最大的危機。」

「我是覺得四姊根本在鬼扯而已，要不然她為什麼不用正常的方式說？」

「因為四姊就是個傲嬌嘛！」

嗯……我被說服了，妳們真不愧是一胎同生，我徹徹底底完敗，二十一歲的光陰磨練弟弟之道，還是比不上真正的血緣關係。所謂的心有靈犀，大概就是指雙胞胎姊妹之間獨特的腦波吧。

「龍龍，我們請假，一起出去玩。」

「這麼倉促？」

「我們現在就回家裝行李，順便帶熊貓吉。」

「……今天是例行要去給醫生看復原進度的日子。」我已經不想吐槽熊貓了，姑且當作沒聽到吧。

「那我去請假，等等和龍龍一起去醫院。」

「不用了，妳回家收行李等我。」

「好的！」

五姊綻開如百合花的清爽笑容之前，我看見她有不到零點五秒的遲疑，連問都不用問，我就知道她是詫異為什麼我答應得這麼乾脆，甚至連熊貓吉都能帶去。

其實她陷入莫名其妙的倦怠期焦慮中，我得負大部分的責任。當初我承諾要照顧五姊，就理所當然要連她莫名其妙的部分都照顧，所以我去問過雲逸有沒有解決倦怠期的辦法，而他說「去旅行，在浪漫的飯店內為所欲為吧」，我自動刪除後半段，決定採用旅行這個辦法，只是五姊先提出來罷了。

看著五姊蹦蹦跳跳去系上請假的快樂模樣。

我一個人佇立在樹下，自言自語地說。

「要是不去，我一定會後悔。」

「很久沒聯絡，想問妳過得好嗎？」

「最近都很好。」

「攝影比賽順利嗎？」

「很順利，我跑到嘉義去，沿著稻田，尋找一位又一位的農夫，連續拍了整整三天，大概有上千張。簡直快累死我了，回到家手和腳幾乎無法動彈，還被晒得好黑，不過一切的辛苦都很值得。」

「有拍到好照片嗎？」

「有喔，臺灣最美的風景真的是人啊。幾張在我看來都不相上下，害我苦惱好幾天。」

「結果？」

「結果，終於選好照片，填完報名表送件。」

坐在候診室，牆上的螢幕顯示七號，而我是十一號，代表還有一段空檔能夠打電話跟小夢聊聊。

「看妳過得沒事，我放心了。」

「我沒事啦。」

「確定都沒事？不然我要出遠門一趟，妳會找不到我喝咖啡喔。」

「你要去哪……」

「和五姊去一趟治療倦怠期的旅遊。」

「嗯，好好地玩。」

「妳和那個相親對象處得好嗎？」

「……喔，他嘛。」

「不好!?」

「你別緊張，讓我說完。」

「嗯，抱歉。」

「我和他出去見幾次面了，他對我很好，舉手投足都很紳士，說話輕聲細語，打扮正式又不落俗套，是個看起來很值得認識的好男人。而且每次我們約會完，他都帶我去吃好康的。」

「什麼好康，看妳爽成這樣。」

「上次是吃茄絲葵喔。」

「一頓兩、三千塊的餐點就能收買妳嗎？」

「不只是這樣。」

「喔？」

「我原本以為他是個很有女人緣的男生，但經過我一番細細探問之下，才知道他不太會跟女生相處。職場上又都是男同事，沒太多機會認識女生，所以被媽媽逼著出來相親。」

「好像有點太完美。」

「還好吧，看他木訥的模樣就算是缺點了，每次約會，我說的話占七成，他只占三成，常常會冷場。」

「適合妳就好。」

「說適不適合……還太早啦。」

「嗯，記得要多摸清他的底細。」

「別說得我像女間諜一樣。」

「連祖宗十八代都要探出來。」

「喂！」

「快要輪到我的號碼，我先去看個醫生。」

「好……記得多照顧你的腿，另外，替我轉告亞玲學姊，她替我剪的頭髮和買的衣服都超棒，讓我重獲不少自信，謝謝。」

「我會。」

我們道別，結束通話時牆上的螢幕剛好跳到十一號。我把手機放進口袋，打開白色的門，將健保卡遞給護士小姐，開始接受老醫生的漫長訓話和交代。

我乖乖地點頭，但其實一個字都沒有聽進去。老醫生低沉的嗓音就如同電視的雜音，存在卻不干擾收看，久而久之會慢慢習慣，變成獨特的背景音效，讓我雙眼漸漸失焦，直到護士小姐用甜美的說話聲喚醒我為止，我才趕緊拉高褲管、拆掉繃帶，讓老醫生觸摸我的傷處。

之後他說的話都跟上次一樣，總結一句就是要按時復健，我再度點頭致謝，拿著藥單和健保卡準備去領藥。當我一走出診療室，牆上的螢幕跳成十二號，十一號就成為不重要的過去。

「學長！」

我循著喊聲回過頭，發現芷寧正踮高腳尖對我揮手。

「怎麼跑到這？」

「我問教練，他說你在醫院，我就來了。」

「我的問題是，妳來幹麼啊？前幾天才住院，不休息還到處亂跑。」

「學長，對不起！」芷寧突然激動地喊，毫無徵兆地跪在我面前。

對，是雙膝碰地的那種跪，是會發出叩一聲的那種跪，是土下座的那種跪……她的額頭還磕在地面，露出後頸的蝴蝶刺青。試問，現在是正在進行什麼整人遊戲嗎？還是她玩大冒險輸了？

四周的病患、家屬、醫護人員、無關的路人開始議論紛紛。

一位青春洋溢的少女，綁著討喜的包子頭，下穿黑色的極短熱褲、上穿寬鬆的花邊拼裝上衣。剛剛跪下來的瞬間，我甚至能看見她的黑色內衣，不管是從哪個角度看，此時的芷寧都是個不折不扣的花樣女大生，是該被男生捧在掌心的花朵。

於是，當她跪在我面前，轉眼之間，所有人都認為我是個敗類、人渣、畜生……

我到底是做錯了什麼啊！

「妳、妳到底在幹麼？」

「下跪道歉。」

「不要講廢話啊，快給我起來！」

我伸手去拉她，但運動選手畢竟和一般女生的力氣不同，根本文風不動。當然我是能使勁將芷寧硬拖起，可是在拉扯的過程中豈不更難看？等等鬧到警察來，要是傳到大姊耳內，我該怎麼解釋？

「不讓我跪久一點……我、我不能心安。」

「心安個屁，馬上給我起來，聽到沒有！」

「是的，學長。」

芷寧一起來，我馬上拉著她到最角落處找個長椅坐下。都還沒開始問，她就已經哽咽著將來龍去脈說出來。

「是我又害了學長，讓學長硬是背我到保健中心去，要是、要是學長的傷勢加劇……那我該怎麼辦？根本還都還不完啊……」

「我的腿沒事。」

「學長不應該救我！」

「難道要我看妳暈在那邊等死嗎？」

「對！」芷寧灑出幾滴眼淚，側過頭去，幽幽地說：「如果能替我打通電話求救……就、就夠了。」

「妳還是怕死啊！」我終於忍不住吐槽。

「我不怕死，我是怕太早死，就不能報答學長的恩情了！」

「拜託，我對所有田徑隊的學弟妹一視同仁一樣照顧，這一點狗屁恩情就要用命還，那整個田徑隊不就遲早死光光!?芷寧，是妳真的太誇張了，下次我不要再看到妳跪任何人。」

「好，不說生死，我至少要照顧學長到腿傷康復。」她擦擦眼淚，恰好擦在手腕處的愛心形刺青上。

「不用。」

我剛拒絕，她立刻站起來，再度叩一聲，瀟灑地跪在我腳邊。

「馬上給我起來啊啊啊！」

「這件事，請學長原諒我不能乖乖聽話。」

「妳到底是在發什麼神經？」

「是學長不懂……你給我的恩情，已經累積到讓我負擔不了，日日夜夜都在思考要怎麼報答你，導致我課業退步、無心訓練、夜不能寐，連作夢都是夢到學長，愧疚感……強烈到快要、快要殺死我……」

「妳是什麼平行空間過來的人嗎？」

「前幾天，學長又不顧腿傷，拯救我的生命，導致我……滿腦子，不，是全身上下每一吋肌膚、體內的每一粒細胞想的都是你，想的都是學長！」

「……」我好想回家。

「拜託你，學長，請賜我一個報恩的機會，一個就好！」芷寧的語氣殷切到要是我不答應，她會一頭撞牆求死的程度。

「起來，去幫我領藥。」我說。

「真、真的嗎？」她像是得到玩具的孩子，興奮地搶過我手中的藥單，「是的，我馬上去！」

「快去吧……」

芷寧站起來，二話不說就往領藥處飛奔而去，像是亢奮地要撿回飛盤的狗。我沒有要汙辱她的意思，問題是她快樂奔跑的模樣，真的會讓我聯想到主人與狗欣喜玩耍的畫面。

對此，我也站了起來。

也二話不說地往醫院大門而去，趕緊騎上機車逃亡。

可是心中總是悶悶的，原來棄養寵物的人會有這種感覺。

尤其在蕭瑟的冬天。

「快點收拾行李！」

這是我回到家的第一句話，聽起來有幾分沒頭沒腦，但在洗碗的五姊立刻丟下菜瓜布，連問都沒問就拖出預藏的行李箱。

「妳準備衣物，我去準備錢和車。」

「好。」

「天氣冷，多帶點衣服。」

「好，不過我們要去哪呢？」

這是個好問題，太遠的話需要浪費更多時間去準備，太近的話就沒有逃亡的效果。

「五姊，想往南還往北？」

「北。」

「南。」

「北部的話……基隆，不妥，這太近了，不然……搭船去馬祖吧！」

「好！」

「奇怪，五姊妳說話怎麼會有回音？」

「那不是回音喔。」

「那是？」

五姊指了指我背後，我緩緩地回頭一看，是坐在餐廳吃著洋芋片的大姊，不知道已經坐多久，聽到我說多少。

「咳咳，大姊今天又不用上班嗎？」

「是呀，公司穩定到沒有我也能自行運作。」

「喔喔，是這樣啊，呵呵……呵呵……」

「我也要去。」

「呵呵……我和五姊只是想裝些舊衣服去回收而已。」

「反正我要去，不用給我裝傻。」

大姊瞇起雙眼，流露出的霸氣，不明顯卻又將我的皮膚刮得隱隱生疼。明明她就是穿著很休閒的棉褲、棉衣，還用一個難得有女人味的蝴蝶結髮夾綁起長髮，可是在我眼中她的形象卻依然令我屈服。

然而，這些年，我也是有所成長。

即便我全身僵硬，仍頑強抵抗，遲遲不乖乖聽話，還打算挪動腳步，離開「大姊色霸氣」的範圍。

「弟弟，去替我裝行李，一起出門，我開車。」

「……」我被迫退後幾步，防線差不多要崩潰。

正當我準備低頭認輸之際，我的背後傳來一股溫暖的力量，讓我勉強支撐住。力量的來源就是我最愛的五姊。

「大姊不能去。」五姊一手撐我的背、一手拖行李箱。

「為什麼？」

「只有我跟龍龍能去。」

「我想去。」

「不可以。」

在我眼前似乎有一道粉紅色和一道黑色的力量正在衝撞，空氣被壓迫成旋風亂竄。她們的髮絲正在飛舞，大姊和五姊的中央似乎擦出虛幻的白色火光，身為弟弟，除了躲起來外，沒有第二個選擇，不過五姊怎麼膽子大到和大姊唱反調？

「最近我的靈感陷入長時間的瓶頸，正好需要出去旅遊。」大姊說得很有道理。

「大姊可以自己去。」五姊說得也沒錯。

「我有五個弟弟和妹妹，還要孤單一人出去玩，太奇怪了。」

「可以找二姊和三姊。」

「她們一個在工作、一個在讀書，又不像你們已經請好假。」

「大姊可以找朋友。」

「我就要可愛的妹妹和弟弟陪我！」

兩人毫無共識，怕情勢更進一步升高，我已經打算抓準時機介入，但是五姊快了一步，逕自走到大姊旁邊，掀起她遮耳的長髮，在耳邊說起悄悄話。

頓時，大姊的霸氣漸漸回收，表情有點複雜，無奈的雙眸看著三公尺外的我，然後漸漸變得恍惚，像是在構思什麼久遠的未來。

五姊還在大姊耳邊說話，她們的臉頰極有默契地緩緩泛起紅潤。

大姊猶豫地豎起四根手指，隨後又反悔似的搖頭，豎起五根手指。

五姊也伸出輕顫的手，硬是扳彎大姊的大拇指和小拇指，變成一個象徵三的手勢。

最後兩人宛若達成共識，同時點點頭，還友好握握手。

「好吧，這次就你們去吧，記得注意安全。」大姊雖然語調平穩，卻難得拉著長髮遮住自己半張臉說話。

「謝謝大姊，我、我先去訂船票和民宿……」五姊整張臉通紅，羞澀到完全不敢看我。

現在是什麼情況？她們到底談了什麼？在這個家大姊說一就是一，沒人敢說零點九或一點一，怎麼可能就因為五姊幾句話，改變李家長久的運作方式？這說不通啊，大姊身在食物鏈頂端，根本就不必跟食物妥協，她沒有馬上改變主意的動機與理由啊。

難道，出現比食物鏈頂端更高的生物？

「等一等，明天可以請假，我也要去！」不知道在客廳隔岸觀火多久的二姊登場。

「亞玲，不准去。」依然坐在餐桌旁的大姊淡淡地說。

「為什麼？」

「因為妳要待在家陪我。」

「為什麼？」

「不然我會無聊。」

「大姊好偏心，五妹就可以跟弟迪去。」連工作服都還沒脫掉的二姊不甘心地跺腳。

大姊又恢復權威，不容妥協地道：「反正就是這樣。」

「五妹是姊姊，我也是姊姊啊，為什麼權利不一樣？」二姊不依。

「因為香玲說，要給我三個侄子喔！」大姊又豎起三根手指頭，一雙眼睛射出驚人的光芒，整個人歡喜得金光閃閃。

「「……」」我和二姊。

正在用電腦訂票的五姊縮了縮肩膀，把整個網頁拉小，擺在螢幕的最左下角，然後像烏龜一樣緩慢地按著滑鼠，認為自己不要發出任何動靜就能暫時從我的視線中消失。

我原本要關上房門跟五姊深入地探討關於信口開河的問題，不過二姊的怪異行動讓我延緩動作。二姊全身僵硬還同手同腳地走進自己房間，彷彿肉身在動，可是靈魂未動，直到換掉整身的工作服，她又回到餐廳，失魂落魄地坐在大姊身畔。

「大姊……這意思是，我要當姑姑了嗎？」

「沒錯。」

「「喔耶！」」大姊和二姊擊掌後抱在一塊。

「五姊啊啊啊！」妳給我出來收拾殘局啊啊啊啊啊啊啊啊！

「那我不去打擾弟迪和五妹了，你們要好好加油，住高檔一點的飯店，如果過程有問題馬上打電話回來問我，不管多晚都行。」二姊拍拍自己胸脯。

「……」我要瘋了，為什麼五姊還在裝死？

「當然有些問題比較難在電話講清楚，等回家，我再親自示範給你們看喔。」二姊異常熱心。

大姊，您的弟弟正在被性騷擾，好歹也出個聲吧；再來，您這喜氣洋洋的表情是怎麼回事啊？

正在思考該怎麼跟眼前兩位過度期待的姊姊解釋，突然間，我發現一件事……

原來李家食物鏈的新頂點，是我未來的兒子或女兒。

要在當天訂到船票、當天訂到民宿、當天馬上出發，機率趨近於零，所以不管五姊打多少通電話去問，都是要明天才有。

可是四姊的魔術表演就在後天，我們根本不可能去玩過夜。看來，我的逃命之旅還沒開始就得夭折，還是祈求宇宙主宰讓芷寧臨時失智忘記我比較實在。

萬萬沒想到，宇宙主宰再一次沒睜眼，隔天一大清早我就接到一通電話……

「李狂龍，還不趕快去給老子收拾善後！我可以跟你保證，要是你繼續玩弄人家感情，老子會一腳把你的屁股踢爛掉，聽到沒有？現在馬上給老子用滾的滾過來醫院，十分鐘內老子要見到你。」

田徑隊教練的命令，讓我和五姊去馬祖旅遊的計畫宣布夭折。

我連早餐都沒吃，直接騎車到醫院。

早上八點十五分，天還濛濛灰，陽光都穿不透如此厚的雲層，讓氣溫都格外冷，就算辛苦的清潔隊員打掃過，但路邊永遠掃不完的落葉，還是令人感到蒼涼；明明就在擁擠的都市內，卻有無依無靠的錯覺。

這錯覺在我看見芷寧後更加強烈。

醫院的大門前，寬敞的入口階梯，她就披著兩件外套，坐在那邊。

旁邊站著教練、兩位看起來像警衛的男人、一位護理人員。我一到達，教練就走過來拍我的肩，用只有我能聽見的音量說：「芷寧待在人家醫院門口一整晚，院方覺得不對勁，卻聯絡不到她的家屬，才輾轉打電話給老子……反正老子也搞不清楚你們年輕人的事，只不過始作俑者是你，你就得收拾。全大運在即，不准為此分心吶。」

我嘆了一口氣，表示我會處理。

「狂龍，好好跟她談談，整個隊，老子最信你，別讓老子失望。」教練打個哈欠，就回去了。

倒是芷寧在此時終於看到我，揉揉惺忪的雙眼，勾起比晨露還清澈的笑容，朝我小跑步而來，像極被遺棄的小狗再一次看見主人。

「學長，這是你的藥。」她雙手捧著，一點怨氣都沒有。

我收下，面無表情地說：「難道妳不會直接回家嗎？」

「我沒有家。」芷寧搖頭。

「難道妳不會回宿舍嗎？」

「可是學長的藥在我這。」

「難道妳不知道我放妳鴿子嗎？」

「我知道。」

「那妳還等？」

「這是我欠學長的。」

「……看來我們需要好好談談。」

我帶芷寧去醫院附近的永和豆漿吃早餐，她點了三份火腿蛋餅、兩份饅頭夾蛋、一份煎餃和一杯熱豆漿。我們面對面坐著，見她狼吞虎嚥的模樣，就知道昨天晚餐她也沒吃，反之，我是悶到毫無食慾。

一定有什麼誤會，正常的女生不可能傻成這樣。

然而，我實在想不出來芷寧和我有什麼產生誤會的機會。

她就是個今年才進來公誠大學的學妹，聽說在高中就展現驚人的跳高天賦，再加上姣好的外貌，一直是備受矚目的體育新星。跳高精靈、天空公主、田徑之花都是她的外號，我和她頂多就是在操場上聊幾句的關係。

因為過去崔墨花事件的經驗告訴我，過度接觸人人覬覦的女性會有無數麻煩，這也是為什麼我面對五姊始終問心無愧的原因。

自知之明向來是我最棒的優點。所以我清楚知道，我又不是金城武、基努李維，沒有讓異性死心塌地的能力。

芷寧反常的表現，必定有不可告人的陰謀吧。

可是轉念一想，畢竟害她又冷又餓苦候一夜的人是我，我居然還懷疑她，身為男生所特有的愧疚感，又讓我覺得自責。

大姊從小就教我，女生是捧在掌心呵護的。我完全沒辦法接受有任何一位姊姊在寒風冷夜的戶外裹著外套受凍，易地而處，芷寧也不該受這種罪。

雖然是我主動說要聊聊，但我卻等到她都吃完，才說出第一句話。

「抱歉，騙了妳。」

「不不不，學長千萬別這樣說，是我甘願等的，跟你沒半點關係。」

我抽出擺在桌面上的衛生紙，讓她擦擦滿是油光的嘴巴。

「妳應該知道，女孩子隨便一個人在戶外過夜很不妥吧。」

「沒關係，我跑不贏學長，但絕對跑得贏一般人。況且我也不是什麼溫室裡的花朵，多壞的場面都經歷過。」

「問題是，妳怎麼會因為我隨口的謊話，就一個人傻傻等整晚。」

「我不傻啊，學長說的又不是謊。」

「不然是什麼？」

「是命令。」

「……」我揉揉太陽穴，頭開始痛了。

芷寧的笑容一滯，擔憂地問：「我讓學長困擾嗎？」

「不是困擾，是我搞不懂妳想要什麼？」

「我忍很久，就是怕嚇到學長。但是上次，學長不顧腿傷，依然救我一命，我就知道絕對不能再忍，要不然我這輩子積欠得太多，永遠都還不完。」

「妳到底欠我什麼？」

「……我、我不想說，請學長原諒。」她面有苦色。

無解，我依然一頭霧水。她始終閃爍其詞，面對關鍵問題又不回答，這說話的技巧對我而言已經難以應付。如果三姊在，想必馬上就能弄懂真相，不過讓芷寧和三姊見面……我還不敢想。

「吃飽後快點回宿舍吧。」我喝著豆漿，面前的飯糰連開都沒開。

「不行。」她連忙揮手，緊張地說：「我要照顧學長直到能上賽場為止。」

「別說這種奇怪的話，難道我能進女舍讓妳照顧嗎？」

「但我可以去學長家呀。」

「哪有女孩子隨便就說要去男生家的？」

「這很奇怪嗎？外籍女傭或看護不都是這樣？學長當我是僕人就行了。」

「當然奇怪，妳年紀輕輕，隨便到男生家會有危險。」

「所以，學長有打算對我做什麼危險的事嗎？」

「……」

芷寧說出這麼直接的話，五官沒任何變化，甚至連一點暈紅都沒；該不會是我想太多，純潔的學妹只是很單純地問，並沒有弦外之音，反而是我太過汙穢。

「就算學長要傷害我，也沒關係，我會全部承受下來，不會抵抗。」

「……」

原來不是我太過汙穢，是她真的這樣想啊！

不，不對，她的表情看起來不像……可是、可是……錯了，她是話中有話，不……我分不來，我完全分不出來她是認真或是在暗示。

「我不會傷害妳，不管是什麼方式。」我只能假裝。

「謝謝學長。」她誠懇地道謝，頭低到快碰到桌面，「答應讓我照顧。」

「沒有這種事！」我差點就同意了嗎？

好可怕……

不能再被她牽著鼻子走了，我面對女生的交際方式完全被破壞，忽然忘記該怎麼應付，甚至我分辨不出她剛剛說的話適不適合吐槽，長年和五位異性生活的我居然手忙腳亂。

我得冷靜。

「照顧什麼的，我們還不夠熟吧。」

「我是大一學妹芷寧，擅長撐竿跳高，目前最佳成績是三點七五公尺，生日是九月二十一日，出生在寶藏村，沒有弟弟妹妹哥哥姊姊爸爸媽媽，只有寄養家庭的叔叔和阿姨。以體育成績推甄上公誠大學，身高是一百六十二公分，體重四十九公斤，三圍是三十二B……」

「可以了，真的……」

「目前單身。」

「好，我知道了。」

「這樣，學長，我們算熟了嗎？」

「有點勉強。」我原本想說的是有點悲傷。

「學長，你有為某件事深深後悔過嗎？」芷寧給我一個上題不接下題的問句。

「什、什麼？」

「沒事。」她輕輕搖頭，摸摸自己鼻子，「我隨口問問，學長請別在意。」

「不過，妳真的是寶藏村的……孤兒？」

「是的。」

「一定很辛苦吧。」

「住在寶藏村不辛苦，是離開之後才辛苦……」芷寧說到離開這兩個字，表情突然變得很怪。

怪到讓我試探地問：「離開之後……才辛苦？」

「不說這個。」芷寧神情一頓，搖了搖頭，「學長，其實我行李都搬出來了，放在醫院外的腳踏車上。宿舍的床位也暫時借給同學妹妹，要是學長不願意收留我，大不了……我在公園睡個兩天，其實也還ＯＫ。」

「不ＯＫ！」我怎麼能讓女生去睡公園？

「還是……學長跟我去住青年旅舍？專門收留無家可歸的年輕人。」

「喔喔，類似社福機構，在哪裡？我送妳過去。」

「剛好外面就有一間。」

芷寧指向永和豆漿的門外。我轉過頭去，透過整片的落地窗看見，隔著一條馬路的……

歡迎光臨濃情蜜意汽車旅館。

「這更不ＯＫ！」我怪叫。

她皺著一邊的眉，似乎是在苦惱不能給我一個滿意的答案。

如果是二姊，我就能肯定是在裝傻。但芷寧的話……那剛成年不久的純真容貌，配上水汪汪的雙眼和抿起的紅唇，在我看來，應該是真的還不懂事，天真爛漫以為男生只是另一種人類而已的年紀。

「妳還沒找到要住的地方？」我冷靜下來問。

「對，因為同學的妹妹從鄉下來找她，剛好我要照顧學長，所以就將床位借給她兩天。」她說得很清楚，不像是騙人。

「好吧，跟我走。」我雙手撐桌面，帥氣地站起。

該是動用人脈來處理問題的時刻了。

畢竟我已經不是遇到問題就哭著回家找姊姊的小男孩，我仔細盤算過，芷寧說要照顧我之類的八成是藉口，所以我只要替她找個棲身之所，她大概就會很滿意，事情必定能圓滿終結。

就是個替流浪動物找到家的概念。

「兄弟有難，所以來找你，不介意吧。」

「喔，當然不介意，不過是什麼困難總要讓我先知道。」

「其實也不是多困難的事……」

我和雲逸面對面站在他的租屋外，芷寧應我的手勢，怯生生地從我背後站出來，但依舊怕生地揪住我的衣袖。

雲逸是我心中的第一人選，首先，他孤身一人在桃園讀書，有一間獨立的房間，可以讓給芷寧住；再來，他是個妻奴，怕紫霞怕得要死，不敢隨便亂來；最後，他要是亂來，我有一百種方式讓他後悔莫及。

我彎起真誠的笑容握住雲逸的手。

雲逸則是笑裡藏刀地反握。

「外面天氣冷，快點進來。」

「沒問題。」

我們進去雲逸一廳一房格局的家，先將芷寧安置在客廳，我們則是在房間低聲交談。

「你是想害死我嗎？萬一被紫霞知道怎麼辦？我怎麼會有你這種敗類兄弟？」

「你就當作收留可憐的流浪狗狗。」

「問題是她、她長得那麼可愛，包包頭又剛好是我的萌……」

「呵，我相信你不會亂來的，真的。」

「……你不要威脅我。」

「怎麼會呢？呵呵。」

「先告訴我，你們到底是什麼關係。」

面對雲逸的問題，我低吟片刻，慎重地給出答案。

「學長和學妹的關係，只不過我們之間有嚴重的誤會，她誤以為我是……我是……她的救命恩人之類的東西，所以就發願要照顧我直到腿傷痊癒為止。嗯，大概就是這樣。」

「這是什麼詭異的超展開。」

「我也搞不清楚，你順便替我探探……欸，等等，你去哪？」

雲逸讀大學三年，外貌沒有多大的變化。一樣的中分髮型、一樣的乾淨襯衫和長褲、一樣的無框眼鏡、一樣的斯文長相，只不過疑心病變得很重，居然在我說到一半的時候走到房間外找芷寧求證。

「請問……妳是不是喜歡上李狂龍了？」他是在亂求證什麼鬼啊！

「學長希望我喜歡，我就喜歡。」妳是在亂答什麼鬼啊啊！

雲逸回頭狠狠瞪我，怒道：「你這個該死的學妹殺手，特地來讓我嫉妒的嗎？可惡！」

「我是希望借你的房間，暫時讓芷寧棲身，只要兩個晚上就好。」我試圖緩和場面，「每天我都會來送三餐，算是補償雲逸大人的犧牲。」

「唔！」芷寧發出一聲嬌嫩的驚呼，緊張地說：「我要照顧學長，學長……請不要扔下我好嗎？拜託……」

「喂，你居然讓可愛的少女拜託!?」雲逸揪起我的衣領，「你知道我已經幾年沒被女生拜託過了嗎？」

「關、關我屁事？」我也抓住他的衣服。

「紫霞只會奴役我，用恐嚇、用暴力、用逼迫，就是不會拜託我啊！偶爾，真的是偶爾，我也想聽女生用棉花糖般軟軟的語調拜託我……可惡，為什麼我們兩個都有女友，你依然過得逍遙痛快！」

「我最近才因為倦怠期的關係焦頭爛額，別說得我好像過得很爽！」

「倦怠期？我倒希望紫霞早一點倦怠，她每天都來查勤根本是……」

看起來壓力很大的雲逸話說到一半，我們兩隻公雞才剛要開始互啄就已經戰敗，因為外面傳來一連串高跟鞋的噠噠聲，緊接著是鑰匙插入鑰匙孔的駭人音效，連問都不用問……

我知道，紫霞來了。

跨出房間，我直接抱起看我們吵架而有些尷尬的芷寧，瞬間往比人還高的大衣櫃內塞。同一時間，雲逸已經藏好我和芷寧的運動鞋，堆起太監般的笑容迎接心中的女王。

「剛剛你是在和誰說話？」幾個月沒見的紫霞，上了一點淡妝，我從衣櫃門縫之間都能看到她與年輕朱茵不相上下的美豔，不過她對雲逸的說話方式依然凌厲。

「當然是自言自語。」雲逸已經泡好咖啡，諂媚道：「今天漂亮老婆上課還好嗎？」

「嗯，就是那個機車教授跟你一樣可恨，我跟你說喔……」

外頭的紫霞開始跟念經差不多的抱怨，裡頭的芷寧和我則痛苦地擠在一塊，縱使衣櫃再大，擠進去兩個成年人還是太緊迫，沒有任何可以調整姿勢的空間，她在前、我在後，下巴放在她的頭頂，半曲的膝蓋頂在她的屁股下。

老實說，我都忘記要尷尬了。

「學長……她，是誰……」芷寧背對著我，用氣聲道。

「噓……」

「……好癢喔……學長……」

「哪裡？」

「肚子……」

我才發現，我的右手臂從後環抱著她，不過因為我比她高的關係，原本是抱在肚子，卻已經在胸部下緣。更正確的說法是，我的右手臂抬起芷寧有點分量的雙峰。

我大窘，立刻蹲低，想慢慢抽離手臂。

「別……」芷寧緊緊抱住，「學長別動……會出聲……」

「那怎麼辦？」我試圖挪動尷尬的姿勢，但膝蓋撞在她彈性驚人的屁股下方，所以我又不敢再動，腿傷隱隱作痛。

「學長……是什麼……」她輕扭著身體，不太舒適地說：「又大……又粗……又長……又硬的怪東西在戳我……」

「是我的膝蓋。」

「喔……」

衣櫃裡面已經要出大事，衣櫃外面的雲逸情況也不太妙。紫霞莫名其妙地拉高音量，還從沙發站起，一腳踩在雲逸的大腿上，趾尖不斷攢動，按正常邏輯來講，這應該是在用刑，不過雲逸邊求饒、邊愉悅的閉上眼睛，未免也太怪了。

「還不給我說，你是不是在瞞我？」

「老婆……我、我才不敢啊。」

「是不是又在和李狂龍預謀什麼？嗯？說喔！」

「我不知道……不知……」

「難道要我用高跟鞋踩你？」

「狂龍是我的兄弟……我、我不能背叛他的……不能……」

「喔？兄弟比我重要？」

「都、都很重要……」

紫霞收回腳，無所謂地雙手抱胸，冷冷地說：「那以後叫李狂龍來踩你，反正我腳痠了，再見。」

「他就躲在衣櫃裡！」雲逸立刻背叛我。

紫霞光速衝進房間，猛力拉開衣櫃的門，燈光讓我和芷寧的身影完全暴露在冰冷的視線內毫無隱藏。沒有多久她挪開雙眼，像是不願意多看一眼水溝中的臭老鼠般，我再無人格可言。

「手機給我。」紫霞招招手，要雲逸拿手機過來，「我要打給香玲。」

「對、不、起。」我已經跪好。

「我也有錯，請踩我。」雲逸跪在我身邊。

芷寧也傻乎乎地跪在我旁邊，恐怕完全搞不懂是什麼情況，只是大家跪就跟著跪了。

「竟然把小三藏到我這來？李狂龍你在找死！」紫霞氣壞了。

「不是妳想的那樣……聽我解釋。」我正在思考要怎麼講清楚。

「我不是小三，我是學長的女僕……吧？」芷寧也很猶豫。

「你敢在我這玩角色扮演？好大的膽子！」紫霞快折斷手中的電話。

「不是、不是角色扮……」我說到一半。

「可是我比較希望……當學長的奴隸……」

「妳給我閉嘴啊啊啊！」我快瘋了。

「你膽敢找女生當性奴隸!?敗類！你馬上給我去死一死！」

「不要隨便加字啊啊啊啊啊啊！」我瘋了。

「快點踩我，反正都是我的錯！」

我們吵成一團亂，各說各話，沒有半點交集。吵吵鬧鬧，直到喉嚨都累了為止，整個房間才靜下來，終於可以用正常人的溝通方式談話，一齣鬧劇才宣告結束。

紫霞沒有打電話給五姊，她冷靜聽完我的解釋，只是用疑惑的眼光打量芷寧。我不確定她是不是真的相信我說的話，不過至少沒有當面質疑。

雲逸則是忙進忙出，在不知不覺間擺好電磁爐與鐵鍋，放好火鍋料跟各式蔬菜，沸氣開始蒸騰，我才注意到目前是中餐時間，尤其是寒冬中，吃個火鍋似乎是很正常的事。

於是我、芷寧、雲逸、紫霞，莫名其妙就圍在一起吃了頓美美的好料。

吃完，我和學妹幫忙收拾，再來，就帶著學妹離開。

沒有久留。

雖然沒達到預期的目標，可是至少和他們見上一面，知道他們的感情歷久彌堅，朝向老夫老妻的階段邁進。我甚至想勸他們畢業就結婚算了，反正各方面都相當契合。

我和他們像高中一樣閒聊，看著紫霞偶爾怒氣一來狠掐雲逸、雲逸大聲呼痛的模樣，感覺卻很好，好到我不得不羨慕他們——他們之間已經找到某種難能可貴的東西，我無法明確地描述，卻隱約覺得……這正是我和五姊缺乏的。

和芷寧走在去牽車的路上。

她忽然問：「學長，為什麼那位雲逸明明很害怕女友，卻又不分手？」

「當有個人已經成為身體的部分，哪是說割就割得掉呢。」我嘴巴是這麼說。

不過心裡知道真正的正確答案——

因為雲逸就是個病入膏肓的M啊！

一路上，我們聊到抵達目的地為止。得知了一些她的過去，讓我有點同情她。

「妳別擔心，我一定可以找到一個能遮風避雨的地方。」

「我總覺得學長誤會我的意思了……」

我打斷芷寧說話，因為耳邊的電話接通。

通話大概持續三十秒左右結束，我趕緊停好機車，讓芷寧跟著我向前跑去。

果不其然，在不遠處的小公園門口找到小夢。她打扮得漂漂亮亮，還難得穿了高跟鞋、一件式的緊身洋裝，讓我赫然發現，她的身材相當不錯，只不過之前都被運動服或大毛衣擋住，所以沒看出來。

小夢看到我顯然很驚訝，但怪不得我，畢竟打她手機都沒接。

「剛剛我問妳媽媽，她說妳剛剛出門要去約會，還好被我成功攔截。」我彎下腰敲敲大腿。

「醫生不是說你不能跑嗎？跟我來。」

「小跑步還行。」

「跟我來。」

小夢往公園內走去，芷寧趕緊過來扶著我。我們三人走到公園的某個角落，四周都是樹，樹的中間有幾張木椅，而且四周的風吹不太進來，所以不覺得冷。

我們坐下，小夢在我的對面，芷寧在我的右手邊。

「找我什麼事？」

「妳如果急著去約會，我可以晚點過來。」

芷寧趁我在說話，就摸上我的大腿，開始捏呀捏的，想要按摩傷處。小夢看了她一眼，我也低頭看了她一眼，微笑著將她的手挪開，還點點頭表示感激。

「我有事想拜託妳幫忙。」

「不要。」

「欸，我們是好兄弟啊。」

我一說完，小夢橫了我一眼。芷寧又再度摸上我的大腿，所以小夢的視線垂直往下，我不動聲色地再拿開芷寧的手。

「我們是好姊妹嘛。」我不惜自我閹割，只求一助。

「你要什麼時候才甘願將這位……熱心按摩的妹妹介紹給我。」小夢抿起唇。

「這就是我要拜託的……等等。」我一個頓挫，因為怪手又再度按上我的腿。

我用「無奈兼無力」的眼神看芷寧，芷寧卻癟著小嘴用「深宮怨婦」的眼神看我。

「可不可以替我們去後面超商買熱咖啡，我要卡布奇諾跟拿鐵，奶精和糖包拿回來就好，先別加。」我笑容滿面地說。

「是的，學長。」芷寧立刻站起來，給我一個五指舉手禮後便出發前往超商。

等到她的身影完全消失，我和小夢總算可以進入正常的對話。

「你帶個年輕貌美的女孩來見我，該不會是想示威吧？」小夢沒好氣地雙腳交疊，手肘撐在膝蓋，「我最近和他相處得很好，信不信我叫來展示給你看？」

「不用了，我知道妳過得很好。」我微笑道：「讓妳出門還精心打扮，想也知道妳是滿喜歡他的。正所謂女為悅己者容，這道理我還是懂啦，哪像妳跟我出門，穿得跟流浪漢差不多。」

小夢臉一紅，辯解道：「才、才不是這樣……只是因為他要帶我去某、某些高檔的地方，所以多花點心思而已。」

「好，時間有限，我就趕快說。」趁小夢約會前心情好，我放棄迂迴戰術，直接將我跟芷寧發生的事都清清楚楚說了；當然，希望借個房間的請求也明白地講，反正我跟她實在不用拐彎抹角。

「所以……」小夢頓了頓，再思索幾秒，不解地說：「這位叫芷寧的學妹莫名其妙認為你對她有大恩，又莫名其妙地在健身房暈過去被你救了，再莫名其妙地決定報恩，連學校的宿舍都不要，堅持要全天候照顧你，結果你莫名其妙地到處找地方安置她？」

「大致沒錯。」不愧是小夢，一聽就懂，我用力點頭。

「你知道我用幾個莫名其妙嗎？」

「三個。」

「是四個！」

小夢揮起拳頭要揍我，我趕緊用十字防禦。

「李狂龍，你當我這是汽車旅館喔！」

「她是有提議過去汽車旅館……但我認為不太好，頂多當不得不的解決辦法。」

「連不得不的方法都不准！」

「是啊，對年輕的少女來說，總是不太好。」

「你……算了、算了。」

小夢放下拳頭，甩過頭去不願意看我，看來約會前的好心情都被我的過分請求摧毀殆盡。原本想拍拍她的肩表達歉意，不過她正怒火中燒，為了防止手被折斷，於是只好口頭道歉。

「抱歉，那我不打擾妳去約會，下次再請妳喝咖啡賠罪……」

「為什麼要幫她？」小夢看著旁邊的樹，突然問。

「……畢竟，她也是為了幫我嘛。雖然動機是離奇一點，至少出自善意，我總不能當作不知道，隨她自生自滅。」我聳聳肩。

「別裝了，你不是這種濫好人。」小夢諷刺道。

「好吧，其實真正的原因，是芷寧太可愛太漂亮了，讓我忍不住想幫她。」我自嘲著。

「已錄音。」她拿出手機晃呀晃。

「對不起，我是開玩笑的，請不要用我對付雲逸的爛招來對付我。」

「我要聽真正的原因。」她居然沒笑，好嚴肅。

害我也不得不嚴肅起來，看著遮住天空的整片黃葉，垮下肩膀，徐徐道：「妳知道芷寧是哪裡人嗎？」

「當然不知道。」

「她是個流浪過的孤兒……後來在寄養家庭過得也不好，直到跳高天分被挖掘，才有繼續讀書的機會。」

「然後呢？」

「二姊和三姊也跟她一樣，找不到自我，迷失在城市裡的時候，我就會想……當初要不是我老爸收養照顧她們，今天的二姊和三姊不知道會變得多慘。應該不能在夢想的髮廊工作，也不能在臺灣第一大學讀書了吧？」

「……」小夢回過頭，神色複雜地凝視我。

「所以，我就忍不住想幫她，如妳說的，莫名其妙想幫。」

「她和學姊們的際遇又不一樣，好歹她是眾所矚目的體育選手欸。」

「一樣，她也一樣迷失了自己。」

我講出無比任性的理由，卻奢望小夢懂我，這就是兄弟……好吧，這就是姊妹之間的恣意妄為。

「迷失自我的人那麼多，為什麼是她？」

「因為緣分。」

「我不接受這種答案。」

「因為她很可愛。」

「你真的不信我會揍你，對不對？」

「因為她混沌的瞳孔內，蘊藏了巨大的後悔。」

「後、後悔？」

「那後悔巨大到，我對她做什麼，她都不會拒絕。」

「你以前認識她？她是你以前的同學或朋友？欸……等等！你想對她做什麼嗎？」小夢踢我一腳，給我一個恐嚇的鬼臉。

「不知道，按理講，這麼可愛的女生，我一定會記得。」我沉重地抱頭，只差沒有吶喊。

「你這個滿腦子只有女生的臭變態！」

「哈哈哈。」

我哈哈大笑，站起身來拍拍小夢的頭頂。不管我們年紀幾歲，我還是最喜歡她罵我或是扁我的模樣，而不是鬱鬱寡歡、被現實擊敗、覆上一層灰色的神情。二十一歲的小夢應該更有朝氣，可以出腳踹人、出拳打人，還有人自願被虐，才符合小夢的形象啊。

「好啦，就不耽擱妳的約會時間。」我看向樹與樹的空隙，芷寧正小心翼翼地端著現泡咖啡走來，「我們先走一步，祝妳約會愉快。」

「……我們家是有客房能借，我打個電話說一聲就行。」小夢喊住我。

「我仔細想想，萬一妳要帶他回家，放個電燈泡太造孽了。」我揮揮手。

「我、我才不會隨便帶男生回家，我跟他目前只是一起玩、一起聊天的玩伴而已。」

「沒關係，我還有一個超級祕密武器、最終極人脈，不管我帶來多誇張的麻煩都會幫我的人。」

「……喂，你別想不開啊，去找個飯店或旅社不用多少錢的。」

「大學生哪有錢，能省則省吧。」

「別把命賠進去啊！」

「哈哈，妳說得太扯了。」

我刻意大笑是想讓小夢放心，不過她依然眉頭深鎖，像是在看不小心爬到馬路中央的蚯蚓，被輪胎輾過似乎只是時間問題。

芷寧剛好完成任務歸來，我把預計給小夢的黑咖啡放在木椅上，希望能溫暖她蒼白的臉色。她還想張嘴勸我，但我已經給出一個極自信的眼神，應該能讓她徹底安心。

我和芷寧離開公園，朝最後的終點邁進。

我和五姊的房間中央。

在床、衣櫃、書櫃、電腦桌之間的空地，擺著一張日式暖桌，四四方方，我和五姊面對面坐在坐墊上，將腿和手都放在桌底，享受讓我差點呻吟的溫暖。不得不說，二姊真的是買了個好東西。

桌面上擺著一壺熱紅茶和三個琉璃茶杯，暗紅色的茶液冒出淡淡的氤氳。我不安地啜了一口，發現果然是酸的，半醋半茶的酸度幾乎讓我流淚，五姊則是捧著茶杯毫無表情。

要知道，當五姊面無表情，就是最嚴重的表情。

我看向芷寧還未喝的紅茶，慶幸我剛剛叫她去洗澡，所以沒看到我的糗態。

「五姊，身為妳最愛的男人，我有事要請求妳。」我一口氣喝光加醋特調紅茶，拿開空茶杯，一頭叩在桌面，「請收留可憐的芷寧學妹，然後什麼都不要問，就當我撿了條流浪狗回家。」

「大姊說我們家不能養狗狗！」

「就當流浪熊貓吧。」

「她又不可愛！」

「拜託，請無條件相信我！」

「為什麼帶回我們家？」

「因為我不管把多誇張的東西帶回家，五姊都會接受。」

「那大姊、二姊、四姊怎麼辦？」

「我不管，只要妳說好，其餘我處理。」

「龍龍好卑鄙……明明知道我不會拒絕你。」

「我替芷寧謝謝五姊。」

我堆起狗腿的笑容，五姊被我氣到滿臉漲紅，蓋在暖桌上的棉被角角，被她擰成一長條。待會大概又要狂做家事到半夜兩點才足以洩恨，不過五姊本來就是可以稍稍欺負一下子也沒關係的喔。

「這次我不答應！」五姊離開暖桌，直接躺在一團洗好沒摺的衣服上，還拉起棉被防禦。

「看來我只能來硬的！」

「不、不要碰我！」

我直接鑽進五姊的棉被內，我們上下疊在一塊，露出四條交纏的腿在床外。五姊委屈地嘟起嘴，迷濛的雙眸又一副「反正我就是拿弟弟沒轍」的可憐模樣，但她的雙手又自動抱住我的腰。

「五姊，聽我說……」

我低下頭，在五姊發燙的耳邊低聲細語，花三分鐘講述我觀察芷寧得到的情報。

「這樣子的女生個性比較固執和極端，從她二話不說搬出宿舍以及動不動就下跪的行為判斷，要是我暫時不順她的意，恐怕會有無止盡的麻煩。於是長痛不如短痛，帶回家還比較妥當。」

「……這位小小夢，喔不對，是芷寧，她真的是從寶藏村出來的人嗎？」

「嗯，這也是我最在乎的點。」

「是因為姊姊們的關係……所以龍龍才？」

「沒錯，這就是我撿個學妹回家的原因。」

我對雲逸、小夢、五姊，解釋為什麼這般執著的原因都不太相同，因為我自己其實也沒弄懂真正的原因。芷寧是一個奇妙的人，對我來說是一個奇妙的存在，奇妙到我不知道該怎麼定下一個百分之百正確的答案，所以我沒說謊。

「咳咳……學長，我是不是打擾到你們……了？」

棉被外傳來一陣刻意的輕咳，我立刻掀開棉被，五姊和我同時紅著臉頰並肩坐在床緣。

「是暖桌欸！」芷寧坐進原本我的位子，雙掌摩挲著大腿取暖，「好溫暖，我只有在電視上看過……沒想到真的好舒服喔。」

五姊用手肘頂我的腰，她的意思很清楚，畢竟剛洗好澡的芷寧只裹著一條大浴巾就出現在我房間。

「妳、妳的衣服呢？」我尷尬地問。

「在學長的朋友家，忘記帶走了。」

「啊對，妳的行李在雲逸家忘記拿，不然妳就暫時用我的……」

五姊再度用手肘頂我，這次很大力。

我拉開棉被，讓一大團洗好未摺的衣服暴露出來，親切地說：「我家四姊的衣物，妳就挑幾件去穿吧。」

「四姊會生氣的……」五姊搖頭。

「沒關係，誰叫她每次髒衣服丟我這，洗好的衣服也丟我這呢。」我陰險道。

「謝謝學長，我等等挑。」芷寧笑著道謝。

「這個不行喔。」五姊拿起一套紅色的內衣褲，抱在自己胸前，「四姊明天上臺要穿的幸運內衣，不能讓任何人碰。」

「我不用穿內衣的。」芷寧好客氣。

「妳……妳……」五姊一時語塞。

「反正學長的房間，是我待過最溫暖的地方，我甚至覺得脫光光也沒關係。」

「不可以啦！」

五姊像是房子失火般衝出房間，大概過了三分鐘左右，又再度回來，手上拿著一個黑色紙盒，二話不說交給芷寧。依我多年在姊姊堆中打滾的經驗判斷，黑色紙盒內裝著全新內衣褲一套，而且用牌子判斷，是三姊新買未拆封的。

「謝謝。」芷寧慎重地接過，有點受寵若驚。

「我想問妳。」五姊坐入暖桌內，像面試官般凝重地問：「妳到我們家，到底是為什麼？是不是有什麼惡意？」

「不，我沒有惡意，無論如何，我都不可能傷害有關學長的一切。」

「那到底是為什麼？」

「因為學長曾賜予我莫大的恩惠。」

「什麼恩惠？」

「學長存在的每一秒鐘，都是。」

「「……」」我和五姊都不知道該怎麼反應。

「我知道自己的行為是有點……誇張，但請相信，我是在無數個後悔而痛苦的日夜中度過三年的時間，其中傷害自己無數次。直到我進入公誠大學，親眼見證學長的存在，後悔造成的內疚才稍稍放過我。對我而言，學長是我這輩子遇見……最珍貴、最美好的事。」

芷寧說完一大串話，堅毅地站了起來，解開綁在身上的浴巾。

我的手已經自動自發遮住雙眼，不過指縫的細微空隙還是讓我看見芷寧的手腕、手臂、大腿都有自殘的割痕，令我膽顫心驚，更確認她是個迷失自我的人。

五姊驚呼一聲，立刻撿起浴巾替她擋住身子，同一時間回頭瞪我。

「不用瞪，我什麼都沒看到。」我清者自清。

「那龍龍怎麼知道我在瞪你？」五姊馬上讓我濁者自濁。

「咳咳，我先出門買點東西……再見，大家再見。」我摸著牆走出房間外。

坦白說，芷寧已經引起我巨大的興趣，她的過去到底長什麼樣子？我是不是真的認識她？還是因為女大十八變的關係喪失印象？我坐在餐廳，連燈都沒開，腦袋全速運轉，尋找著過去國小或國中的同學，卻依然沒有類似芷寧的人。

「妳到底是誰呢？」我在黑暗中問。

第三條 李家弟弟只有李家姊姊能用

我和五姊講好，要藏起芷寧不讓其他姊姊知道。

五姊願意幫助我是有條件的。

我必須在四十八小時內，弄清楚芷寧的來歷和反常行為的原因。時間一過，不管如何，都要立即遠離這位怪怪的學妹。

第一個晚上，我和五姊在餐廳陪大姊和二姊吃完晚餐，再去外面買了份速食餐帶回房間。雖然克難一點，但沒有辦法，畢竟大姊和二姊工作回家，就得限制芷寧的人身自由。不過她沒抗議，還一副樂在其中的模樣。

不幸中的大幸是三姊在外讀書，平時比較少回家；另一位動不動就闖進我房間的四姊，因為魔術秀在明天正式登場，所以今天會忙到直接睡在外面，並不會回家。

等到十一點，大姊和二姊各自回房就寢。

我和五姊說好，把房間讓給芷寧睡，我們則去睡四姊的床。

五姊還特地帶著熊貓吉一起前往。

在睡之前，不可避免會談到芷寧。為了讓五姊安心，我幾乎是知無不言，沒有半點隱瞞。她睡在床內，翻過身來依偎在我的手臂，鼻子嗅著我的睡衣，這癖好和三姊幾乎一樣，而且越來越嚴重。

五姊的臉貼在我的臂膀，柔聲道：「她身上的傷口……好可怕，又好可憐。」

「是啊，所以她身上好多小刺青可能是為了遮掩傷口。」

「龍龍怎麼知道她身上有好多小刺青……」

「咳咳……我是猜的。」

「喔，我不喜歡刺青，總覺得好痛……還好姊姊們都沒有，也都沒有傷口。」

「想一想，真是多虧老爸了。」

「我也這麼覺得，所以……我知道龍龍為什麼執意要幫她。」

「不愧是我姊。」我摸摸五姊的頭。

她舒服地瞇起眼睛，說：「要不然……我早就報告大姊了。」

「……謝五姊不打小報告之恩。」

「還有，不要以為學妹和四姊的事，就會讓我忘記馬祖的約定。」

「那是一定要補償妳的。」

「嗯……還要算利息喔。」

「當然要算。」

看在我極有悔意的分上，五姊也大器地放我一馬。況且明天四姊的魔術秀就要登場，她要儲備體力去幫忙，所以吻了我的臉頰一口，就低聲地道晚安，進入睡眠充電模式。

窗外的月光灑進房內，為一片漆黑添上一絲銀白。不知道是不是換床的關係，我睡不著，睜著雙眼看向天花板，雙耳傾聽隔壁房間是否有動靜，不過目前五姊和芷寧應該是都睡熟了。

好靜。

靜到有人突然打開房門，讓我嚇一大跳。

是腳步凌亂的四姊，因為我雙眼早適應黑暗，所以勉強能看見她一副半睡半醒的疲倦模樣。脫掉上衣和吊帶裙，再彎腰卸下保暖用的黑色褲襪；看得出來一回家，她就打算直接睡了。

之前，這間房是四姊和大姊一起睡的，所以床鋪特別大，名義上是雙人床，但實際上睡三到四人也沒問題。

四姊用跳水的怪異姿勢，要衝上床，卻撞到我的腹側。

她不滿地摸著我，漸漸摸到我的臉，隨後稍微清醒一點，緩緩問：「是蠢蟲弟弟嗎？」

「嗯，原本以為妳不回家，所以借床睡一晚。」

「你是想夜襲我嗎……下流。」

「不是。」

「終於知道我的好，想跟五妹分手了吧？」

「沒有。」

「都摸上我的床，還敢嘴硬……死蟲弟弟別以為、別以為我會一直傻傻等你喔。說不定有一天，我會找個好男人交往，到那時你就後悔莫及。」

原本想用打哈哈的方式帶過，然而透過夜色看見四姊遺憾的臉龐，我除了遺憾之外，完全幫不上什麼忙。從小到大，不管她惹多少麻煩、闖多少大禍，我身為她的弟弟，替她善後不是一次兩次而已，唯獨她此時的希望，我愛莫能助。

「既然妳回家，我去睡客廳。」

「不准……」

我剛坐起，又被五姊壓回去。她全身就只有一套白色的內衣，我怕她冷，用厚棉被蓋住她。

「笨蛋蟲弟弟……裝模作樣的溫柔最討厭，還有小氣鬼五妹也最討厭。」

「快睡吧。」

還好五姊躲在棉被內沉沉睡去，依她熟睡的習性應該沒被四姊發現，也沒聽到四姊的話。

「為什麼我總是要排著一條永遠輪不到我的隊？」

「別說這種讓人誤會的話。」

「早知道，我在三年前，就應該強制插隊。」

「欸……」

「三姊和五妹都行，反正你就是討厭我。」四姊咬著下唇，委屈地捏我的臉。

「我怎麼可能討厭妳，快睡吧。」

「說謊臭蟲，哼。」她拉開我的手臂，緩緩地枕上去，「要不是明天有重要的事，我才不會輕易放過你。」

「明天，要加油，依妳的努力，一定會讓禮堂充滿掌聲。」我誠懇地說。

「少拍馬屁。」四姊不滿地下床，走到衣櫃拿衣服穿上。

「妳會冷嗎？」

「不會。」四姊穿好，又再度鑽進被窩，躺回我的手臂，「就算五妹不在，我也不能對不起她，用我誘人、魅惑、火辣、難以抗拒的身軀害你違背道德。」

「其實，沒那麼難以抗拒……」

「李金玲要的，可以當面搶，但不能背著五妹偷……喂！你剛剛有說什麼嗎？」

「說真的，我不知道是該吐槽還是該欣慰……」

「我們只是姊弟，睡就睡，淫蟲弟弟不准給我毛手毛腳喔。」

「……我不會，好嗎？」

「那還不睡過來一點，想冷死我喔。」

「是的，四姊。」

應該是真的累慘，她幾乎是調整好睡姿，閉上眼睛的五秒鐘後就睡去。我緩緩抽出被四姊壓在頭下的手臂，避免睡到一半因為血液不循環導致截肢，過程中她還在微微地打呼。

同一時間，五姊忽然動了。

她緊緊抱住我，什麼都沒說。

我醒來，四姊和五姊都不在。

今天是假日，我卻在八點多起床，算是相當反常。

一走出房間，大姊和五姊已經在吃早餐，我的份也擺在餐桌上。

大姊瞥我一眼，懷疑的眼神連她看到一半的報紙都擋不住，毫無保留地穿透過來。

「昨天龍龍幫四姊忙些表演的雜物，所以就直接睡在那了。」五姊替我掩護。

「喔，今天金玲的魔術秀全家都要到。」大姊闔上手中的報紙，期待地說：「要比開演的時間早到，不管在行動上或是精神上都要給她最強的支持；萬一魔術出現穿幫，我們要負責轉移觀眾的注意力。」

「……」原來大姊正在緊張。

「怎麼轉移？」五姊超認真。

「讓弟弟大聲唱歌之類的。」

「表演到一半嗎？」

「沒錯。」

為了避免這麼可恥的事情發生，我抓著屁股，走到廁所的途中說：「妳們會擔心，是因為妳們沒真的見識過四姊有多強，連續七年都是魔術社社長，她遲早會成為職業表演者。」

「可是，要是金玲有個失誤……底下的觀眾有噓聲或是笑聲。」大姊頓了頓，周圍的氣流似乎在抖動，「我怕我會控制不住自己。」

「失敗也是種學習，大姊別緊張。」

「我知道。可是，我無法眼睜睜看著自己的妹妹在臺上孤立無援，一想到這，我就……」

「五姊，妳說句話吧。」

五姊異常認真地說：「要是觀眾不買帳，我立刻衝上臺帶四姊回家。」

「我是叫妳勸勸大姊，不是叫妳放火啊！」

我邊哀號邊走進廁所內，簡單的刷牙洗臉結束，順便上個大號，這段時間大概不超過十分鐘。當我走回餐廳，大姊已經換好衣服、拿好鑰匙、穿好運動鞋，準備要出門。

「反正待在家等還不如直接去找金玲，你們可以晚點，但一定要去喔。」

「好的，我會帶應援板以及加油棒過去。」五姊雙手握拳。

「大姊慢走。」我恭敬地說。

直到大姊關門，進入電梯內。

「二姊呢？」我欣喜地問。

「她一早就去髮廊工作，才能早點下班去看四姊表演。」五姊收拾餐桌。

「好，今天一定要查個水落石出，讓芷寧找回自我，恢復正常。」我從後抱著五姊，在她耳邊說：「跟我一起去嗎？」

「寶藏村嗎？」

「嗯。」

「我不要，龍龍也不准去。」

「不去源頭，找不到真相的。」

「可是很危險。」

「所以妳要保護我呀。」

「臭龍龍不要撒嬌嘛……」

「帶妳去，妳才不會胡思亂想。」

「我想要保護龍龍，但問題是……」五姊苦惱地回頭凝視我，「我待會要去替四姊打理晚上慶功宴的事，大概要到下午，龍龍會等我嗎？」

「好。」我吻了她的頭頂，像是蓋一個乖寶寶印章。

「那我快去快回。」她依依不捨地脫離我的懷抱。

看起來今日是專屬於四姊的日子，大姊已經出發，二姊還勤奮地先去工作，三姊預計也會專程回家，更別說五姊，幾乎是四姊的隨身祕書，身為弟弟或許幫不上什麼忙，不過當個無論演出好壞都會大聲說好的加油團是基本的。

我打開房門，走進自己房間，發現芷寧躲在床底吃著早餐。

「其實就算被發現也沒關係，妳不用委屈成這樣。」我拖電腦椅到床邊給她。

「謝謝學長。」芷寧爬出來，珍惜地撥撥沾到衣服的灰。

我坐在五姊的書桌，她坐在電腦椅，我們之間的距離大概兩公尺，不過我看著她感覺相當模糊。芷寧就像個全身上下都是問號的少女，過去不明、動機不明、想法不明，表面說什麼都聽我，可是當我問到關鍵問題，她又會巧妙地閃避。

「學長有問題想問我？」她先開口。

「妳想跟著我多久？」我以問代答。

「至少，要照顧到學長腿傷痊癒。」

「萬一我的腿傷要幾個月才能好，妳也等幾個月？妳的訓練和比賽怎麼辦？」

「比賽當天再去比就好，訓練什麼的……我不管。」

「妳是想把教練氣瘋掉吧。」我雙手抱胸，定睛在她身上，「別為了一點無聊的執著，破壞妳美好光明的未來。」

「無所謂，大不了回去寶藏村。」芷寧很平淡地說，一點都不像在賭氣。

「神經病。」

「跳高得到的獎牌和榮譽，只不過是在見到學長的過程中，意外撿到的好東西罷了。」

別人夢寐以求的榮耀，對她來說只是「意外撿到」？不行了，我無法和她溝通，試探再度失敗。

雖然我依稀覺得，芷寧在絕對不正常的言論中，似乎有一套自己的邏輯在，她的所有行為模式都是依循這套邏輯。我雖無法明確地描述，不過幾乎可以肯定，我和她在過去有什麼淵源，換句話說就是我認識她。

然而，我完全沒丁點印象。

我開始基礎身分調查，把她的求學過程都問了一遍，扣除她說謊的因素，我沒發現任何和我重疊之處。

「妳的刺青，都有故事嗎？」我在無奈之餘，隨口問問。

「沒有，單純是我喜歡，還有的是為了遮住小時候受傷的傷口。」她很坦白地答。

「為什麼這麼多傷口？」

「欺負別人，或者是被別人欺負，這都是難免的……我偶爾會懷念過去在街頭隨便打架惹事的日子呢。」芷寧甜甜地笑著說：「對了，還有不少刺青，在一些好害羞的地方，學長想看嗎？」

「不用了，謝謝。」

嗯，她又再度巧妙地轉移話題，

「如果學長問完了，可以容許我問一個問題嗎？」難得，芷寧想問我。

「直接說吧。」

「正常人遇到一個奇怪的女生黏上來，不是想辦法遠離就是報警，為什麼學長會帶我回家呢？」

「呵呵，妳中餐想吃什麼嗎？」

「學長閃躲問題的方式好爛。」

「都是學妳的啊。」

「呵呵呵呵呵呵……」」我們相視而笑。

匡，一聲，我收起笑容，因為這是我家的門被撞開的獨特聲音，代表有人回家。芷寧又要鑽回床底，我用手勢阻止，要她稍安勿躁，等我出去探探再說。

「有、有人在家嗎……唔……好、好痛喔……救救我……快點……」

是四姊！

難不成出事了？

我抵達客廳，四姊癱坐在門邊，左腳腳踝腫得像麵龜。

她已經換好表演用的改良式魔術師裝，暗色的蝴蝶結別在白色襯衫的領口，黑色仿西裝外套的緊身一件式禮服，正面的裙襬雖然短，屁股後面卻是稍長的燕尾造型。俏皮又不失可愛的表演服都穿了，四姊為什麼會坐在家門口？

她的魔術秀該怎麼辦？

我站在那，大概恍神了幾秒鐘，思考著四姊不能登場的嚴重後果。

「蠢蟲弟弟還發呆……嗚嗚……痛死我……」四姊用擺在旁邊的拖鞋扔我。

「妳怎麼在這？」我雙手抱頭。

「靠弟弟沒用，大姊、二姊和五妹呢？快點來幫我呀……」

「大姊去找妳、二姊去上班趕工、五姊出門去幫妳弄慶功宴的事。」

「那不就只剩廢物蟲弟弟？」

「是啊。」

「嗚嗚嗚……那我完蛋了啊，等等就要初次彩排……還有舞臺效果、燈光、音效都要等我去調整……怎麼辦……」

「我怎麼知道，妳沒事跑回家幹麼？」

「我忘記穿內衣和內褲啊！」

「妳是變態暴露狂嗎？這也能忘記！」

四姊倔強地嚷嚷：「我又不是笨蛋，是忘記穿那套幸運內衣！」

「……妳就為了這種事跑回家？」我原地轉一圈，試圖降低血壓。

「不穿的話，整場表演一定會失敗，屢試不爽！」

「絕對是迷信！」

「你看我的腳踝，就是因為忘記穿才會在樓下中庭扭傷啊！」

「……」明明知道四姊在唬爛，但我一時之間無法反駁。

不能讓情況再惡化下去，我抱起四姊，一路往廁所去，讓她坐在浴缸邊，雙腳放在浴缸內，打開冷水先讓腳踝消腫，再去冰箱拿出所有冰塊，讓冷水變成冰水。

我摸摸腫起來的地方，不捨道：「這得去醫院。」

「笨、笨蛋，我等等還有表演，魔術師工會的前輩都來了，門票也賣了，怎麼能去醫院？」

「腫成這樣，都不能走，還想上臺？」

「我的部分是撲克魔術，只要手沒壞掉，就能上場！」

「……好吧，我等等替妳包紮，再送妳回學校。」

「我的幸運內衣呢？快替我拿來。」

「現在什麼時候了，還在想妳的狗屁內衣！」

「快點！萬一我的手也扭傷怎麼辦？」

糟糕，四姊的中二邏輯要開始無限上綱，等一下發生的任何意外，不管是手扭傷、道路塞車、表演不順、人氣不好、氣象不佳、地殼變動、隕石撞擊、外星人入侵或是世界末日，都是因為她沒穿上幸運內衣的關係。而我阻止她穿，就等於上述所有意外的肇因是我，我是毀滅地球和殺死七十億人口的真凶。

「穿就穿吧。」

我已經懶得嘆氣，快步走到我的房間，找到皺成一團的內衣褲，順便要芷寧別再躲在床底，隨意活動沒關係。緊接著快步走回廁所，把維持地球安全和人類延續的至高寶物交給四姊。

「喂，你要去哪？」

「去外面聯絡五姊啊。」

「那不急，先替我換上。」

「……妳是幼稚園學生嗎？還要我幫忙穿衣服喔。」

「我腳受傷，萬一自己換，不小心把表演服弄溼怎麼辦？」

「吹乾啊。」

「不要，蠢貨蟲弟弟，就說時間有限啦！」

「抱歉，妳今年已經二十二歲，請恕我不能提供換衣服的服務。」

「無情無義！你當初躺在病床昏迷，我還不是替你換衣服、替你擦身體，你的超級小雞雞還不是被我看光光了。現在我受傷，你就開始矜持了，好噁心！」

「超、超級小雞雞……」我聽見腦細胞被氣破幾億顆的聲音。

「對，就這麼小！」四姊拿著放在浴鏡旁的牙線，抽出一條，在我面前甩。

「妳這個超級小奶奶還敢笑我？真是天理難容啊！」我迅速解開四姊胸前的襯衫，直接往上一拉脫掉，她的燕尾短裙也一樣被我從上褪去，整個過程不到三秒，完全沒碰到水，「給我看看啊，幹麼遮？」

「變態、變態蟲弟弟！」四姊雙手掩胸，滿臉通紅地瞪我。

「會嗎？我是在報答您的恩情欸。」我伸手去拉她內衣的背帶，瞬間就解鎖，卻沒有彈開的手感，「四姊，手走開啊，讓弟弟來替妳穿上吧。」

「不用……我不要了……」

「要啦要啦。」

「嗚嗚……一點都不溫柔……嗚嗚……弟弟好變態……」

「真的不用嗎？」

「弟弟都欺負我……嗚嗚嗚……我要告訴大姊……」

「好，別哭了，快點自己穿吧。」

我摸摸四姊櫻桃色的髮絲，備感欣慰地走出廁所，心情感到異常愉快，看起來我們家永遠長不大的姊姊，終於願意自己穿衣服了呢。

彎起淺淺的笑，我替四姊鎖上門。

「蠢豬弟弟，我在裡面開不了門啊啊啊啊啊！」

「對不起！」

「壞蛋蟲弟弟去死！」

我彎腰道歉。

四姊雙眼噙淚，狠狠往我的頭頂敲下去，躲在後面偷看的芷寧驚呼一聲。

我習慣性地替廁所門上鎖，導致怕衣服髒掉的四姊以半裸的狀態，用爬行的方式去打開廁所門，大概用掉十五分鐘的時間。

然後，光是安撫好四姊，再替她穿上整套衣服，四十五分鐘過去。

打電話給五姊，但她自顧不暇了，一時之間趕不回家。下午就要開始的首次彩排，要是四姊人不在，可以預知晚上的魔術秀大概半殘，說不定現在就已經癱瘓。

她苦著一張臉，就算包紮完畢，但扭傷的疼痛感不會削減，目前四姊站立還勉強ＯＫ，要是走路移動會直接痛到哭。即便如此，我也不會問她要去醫院還是公誠大學，不管多痛，她的選擇絕對是上臺。

所以，只能靠我了。

「芷寧，計程車到了嗎？」

「報告學長，差不多。」

「妳、妳怎麼在這裡？」四姊誇張地怪叫，「五妹快回家，敵人已經攻到家裡了啊！擁有小夢氣息的學妹就在這！小小夢啊！」

「別吵。」我一肩扛起四姊，芷寧跟在後頭壓住四姊掀起的裙襬，「好，運貨大隊出發！」

家、電梯、中庭、馬路邊、計程車，這段路沒花多少時間，我們三人乘坐目前情況最快速的交通工具，爭取在半個小時內到達目的地，在車上我也沒閒著，輕輕按捏四姊扭傷的地方。

也不管她一條短腿擺在我大腿的曖昧動作引起司機多少次的側目。

「芷寧，還要多久？」我問。

坐在副駕駛座的芷寧答：「快到了。」

「別以為我會忘記色鬼蟲弟弟帶女人回家的事，一定要請大姊召開弟弟批鬥大會，你等著受死吧！」四姊警戒地看向副駕駛座，嘴巴罵了一整路沒停。

公誠大學的大門終於出現在視線當中，我和芷寧默契十足；她先是付完車資，下車拉開後座的門，我第二個下車，彎下腰背對四姊，四姊雙手抱住我的脖子，我順勢一帶將她從車內背出來。芷寧還貼心地用手護著四姊的頭，怕撞到車門框。

「學長……這樣不行的。」

「我弟弟背我，為什麼不行？」

我沒理會芷寧和四姊的話，現在已經是延誤彩排的狀態，再拖下去就大事不妙。二話不說往校內走，因為是假日的關係，沒有遇見多少學生。

魔術秀的演出地點是仁愛禮堂，很不巧在最遠的角落。

公誠大學和聖德高中雖然都是學校，但校地規模完全無法相提並論，大小差十幾倍，光是用走的就要很久。

「李家的弟弟，只有李家的姊姊能用，別以為他一時被妳迷惑就會做出傻事。我的五妹笨是笨了點，不過論身材和美麗贏妳一百倍，別以為妳的陰謀會得逞。」

「學長，不能再背，快停一停。」

「欸，為什麼不能背，我弟弟是田徑隊的王牌選手，背起我來當然是輕鬆寫意。」

「不是，學姊，妳誤會了，學長是不能……」

「我說能就能，關妳這個外人什麼事？」

我停下腳步。

突然間右腿一軟。

單膝跪在無人的校內小徑，冷汗瞬間流滿全身，像是天空落了一場大雨。

明明時間相當緊迫，但是我的腿完全站不起來，原本以為好轉的傷勢，竟然又復發。

四姊完全嚇傻，大概沒想過從小到大被她騎著跑的弟弟會有一天不動了。

這種糗樣，我真的想當場挖個洞鑽進去。

「弟弟，怎、怎麼了嗎？」

面對四姊驚慌的詢問，我只能尷尬地苦笑。

「四姊，抱歉……我的右腿不太聽話。」

「快讓我下來。」

「記得，慢慢的。」

我提醒四姊，緩緩將她放下。

「笨蛋蟲弟弟，腳受傷還敢背我這麼遠，你是笨蛋嗎！」

「沒事，等等就會恢復正常。」

「笨蛋笨蛋笨蛋！快點給我去醫院！」

顯然我讓四姊嚇壞，不過現在不是浪費時間等待我的腿傷緩和或是讓四姊安心的時候了。

「芷寧。」

「是的，學長。」

雙手正搓著，不知道該如何是好的學妹被我喚回注意。

「妳說過，我曾經對妳有大恩，無論是多困難的事，妳都會去做。」

「沒錯。」

「好，請妳背著我四姊，用最快可是要最安全的速度，到達仁愛禮堂，將她轉交給魔術社的人，就算任務結束。從此以後，妳不欠我了。」我低下頭去，希望她答應。

「……就這樣子？這麼簡單？」芷寧不敢相信。

「一點都不簡單。首先，等等的演出會影響到我四姊未來就業；再來，目前我只能請妳幫忙；最後，四姊最近因為愛上吃炸雞排，所以體重……」

「不要在這種時候說欠打的話！」四姊舉起手要敲我的頭，不過懸在半空遲遲沒下手。

「我一定不負學長所託。」芷寧扭腰伸展，大力吐納幾口氣。

「妳、妳不要碰我……不要過來……」四姊想逃，扭傷的腳卻不允許。

說真的，芷寧是個運動員，她要「強制」背起四姊根本是輕而易舉，不管四姊怎麼怪叫抵抗都沒用，自稱要當我奴隸的學妹，已經用平穩但迅速的步伐往小徑的盡頭而去。

沒多久就消失在我的視線中。

我終於可以放心地癱坐在路邊，整張臉皺成一團，破口大罵著三字經，好讓痛楚轉移。全身發抖，雙手按在大腿傷處，我用混合髒話和求饒的字句向宇宙主宰祈禱，趕快讓這波深入骨髓的疼消退。

期間，我不免開始懷疑，自己會不會後悔……踏上PU跑道，加入田徑隊呢？

還好，十五分鐘後芷寧就回來了，對我報告任務成功達成，魔術社的社員還去借臺輪椅給四姊坐，所有障礙都排除得差不多。

再過十五分鐘，我可以站起來；再過十五分鐘，終於可以正常走路。依我這種不愛去看醫生的個性，都認為不去看不行，只是好歹也要看完四姊整場演出，大概明天早上再去吧。

原本要去寶藏村探探，只可惜一連串的意外，今天大概沒機會去了。

雖然不太需要，芷寧依然攙扶著我到學生餐廳去坐。

我們點餐吃飯，等待晚點的魔術秀入場。

我滑著手機，嘗試掛明天的號。

芷寧埋頭吃飯，大概只花十分鐘就將一客鴨腿便當吃完。

「學長，我想了很久，還是覺得光背一段路，不足以報答你。」

「很足了。」

「那為什麼我心中的愧疚感一點都沒少？」

「因為妳太傻。」

「請學長解釋。」

「比如說，妳今天跟銀行借一萬塊，銀行發神經只要妳還五千，難道妳還要銀行解釋嗎？還不趕快去將錢藏好，別再愧疚什麼鬼東西了，快樂地回田徑隊訓練吧。」

「問題是……我欠學長一百萬，或、或是一千萬、一億呢？」

「別傻了，我沒那麼多錢讓妳欠。」

「喔……」

芷寧沒繼續多說，我用手機掛完號，摸摸自己的右腿，感受一下神經傳到大腦的反饋。嗯，暫時沒有問題，差不多恢復成正常模式，大姊、二姊、三姊、四姊都看不出來的程度。

「學長，我背你去嗎？」

「呿，這能看嗎？」

「是學長就能。」

「別忘了，當妳的債務已經歸零，妳還會隨便說要背一個男生嗎？」

「不會。」

「沒錯，記得這點。」

「可是……學長不是一般的男生。」

「……唉。」

我閉上雙眼，沒再試圖矯正她的觀念。我們兩人喝著飲料，有一搭沒一搭地聊天，不過話題大多是圍繞在田徑隊上，從隊友聊到教練、從宿舍聊到新環境，她還請教我幾個上場比賽前的撇步。我大致和她分享一些方法。看芷寧受益良多的模樣，我不免竊笑，想起我大一時的窘樣。

很快，外頭的天色就暗了，我和她一同走出餐廳。

她原本還小心翼翼地護住我，不過看到我行走無虞，她反而蹦蹦跳跳地走在我前面，偷偷告訴我，她其實很愛看魔術表演。

真好，我不禁羨慕起芷寧，即便我說不上來到底是在羨慕什麼。

我們抵達仁愛禮堂時，已經在排隊準備入場了。

我當然是可以打電話給五姊，讓她用工作人員的身分帶我走後門，不過……我想單純用觀眾的身分去欣賞，撇開四姊那副幼稚的既定印象，說不定會有更棒的體驗。

還好沒排太久，我和芷寧買好票，坐在倒數第三排的座位，只是太偏左側，視線有點歪。

居高臨下，我能看見大姊、二姊、三姊和五姊坐在第一排的VIP席。姊姊們欣喜地交頭接耳，隔著十幾排座位的距離，我依然能感受到她們笑容中的驕傲感，只差沒大聲宣布李金玲是我的妹妹而已。

「學長和姊姊們的感情真好。」

「是啊，高中時代，很多人都叫我姊寶。」

「我偷看過學長收在床底的相簿，下面，坐在第一排、最右側的那四位都是吧。」

「對啊。」

「那她們中間的空位，學長不去坐嗎？」

「不用了，坐妳旁邊看也挺好。」

「謝謝學長。」

「謝屁，靜靜看，表演要開始了。」

如我所說，紅色的布幕緩緩拉上，七彩的燈光依輕快的節奏開始閃爍，這不同於演唱會，觀眾沒有叫好，統統屏氣凝神，看著第一位魔術師登場表演。雖然我看過他幾面，有打過幾次招呼，但我真的看不出來，他光靠幾個簡單道具就逗得觀眾驚呼連連，下臺後也博得轟然掌聲。

下一位，是女魔術師，在我記憶中似乎是小一屆的學妹。平時看起來很不起眼，現在化好妝，換上裸露乳溝和大腿的性感服裝，臺下幾個豬哥已經在狼號，等到她變起精妙的預知魔術，大半的男性觀眾都被迷得團團轉，像是在開偶像見面會。

時間過得太快了。

當紅色的布幕暫時放下。

再拉起。

正中放有一副撲克牌的黑色長桌和坐在董事長椅的四姊登場。

沒說話，她用力拍桌！

碰！

一副撲克牌爆炸似的噴散出至少千張。

觀眾譁然！

「等等，她到底是誰啊？」我完全無法把臺上的魔術師和在家哭鬧的四姊做任何形象上的連結。

四姊沒讓觀眾喘過氣，手掌一翻，又出現一副牌，大拇指推出一張牌落下，牌角碰到桌面，馬上用陀螺的方式旋轉。她左手肘撐於桌，扶著下巴，右手繼續出牌，神情輕鬆，像看著自己的寵物在嬉戲，直到整張桌面都是旋轉的牌，觀眾的掌聲也拍到極限時……

她吹聲尖銳的口哨，所有牌同時倒下。

震懾全場。

四姊撿起一張愛心K和一張愛心J，拿出口袋的麥克筆，在上面寫「我愛你」、「喜歡你」，然後折成兩架迷你型紙飛機，朝著觀眾們射去。不知道是不是太迷你，導致我眼花，飛到半途紙飛機同時消失。

四姊喜孜孜地指著坐在最前排的大姊，要大姊站起來面對觀眾，然後摸摸襯衫胸前的口袋。

果然拿出一張愛心K，正是寫著「我愛你」那張。

大姊樂翻了，二姊嫉妒地搶走愛心K仔細端詳，三姊趕緊抱住要走上臺去的大姊。五姊雙眼泛出崇拜的光芒不停地拍手，然後發現腳邊有張愛心J，正是四姊射出的。

我旁邊的芷寧嬌聲叫好。

四姊眩目的演出還在繼續，屁股始終是坐在董事長椅上，我不得不佩服她的應變能力，因為腳意外扭傷，所以之前需要移動的橋段勢必定得刪除，在短時間內再尋找新的戲法去填補。

要不是我知道她扭到腳，根本看不出來她是無奈被迫坐著表演，甚至還會以為這位魔術師在炫技，想表現出連動都不想動的屌樣。

她緊接著玩了五、六招，還是七、八招，反正我判斷不出來，總之是我前所未見的撲克牌戲法。明明愛心A從嘴巴吃進去，吐出來之後就變黑桃A，還把簽名牌摺成碎片燒掉，然後再從黑布裡還原抽出來。一大堆花招，我只能用目不暇給來形容這短短十五分鐘左右的時間。

四姊的表演在觀眾不間斷的掌聲中落幕。可能是因為天生怪力，也可能是因為愛，大姊的掌聲特別響亮，我坐在後面都能聽見。

我早就說過，姊姊們的疑慮在四姊的努力之前顯得很沒意義，強者正是遭遇任何困境都能從容應付才被稱作強。

整場魔術秀雖然要買門票，不過收費很低，大概扣掉成本維持社費就沒了，於是觀眾們都覺得物超所值。等到燈光暗掉開始散場，我和芷寧隨人流一起排隊離開仁愛禮堂，耳邊聽到的都是「剛剛那招好神」、「紙飛機到底是怎麼消失的啊」、「第三位女魔術師超厲害」、「下次還有的話記得約我來看」，顯然評價很高。

芷寧也還沉浸在魔幻的氛圍中，久久都沒吭聲。

我一邊盤算，要是四姊以後成為著名的魔術師，那我是不是要開始收集她的照片和簽名等待增值，一邊繞到仁愛禮堂後方，跟姊姊們會合，待會一起去吃慶功宴。

遠遠就看到姊姊們站在後門外嘰嘰喳喳聊天，倒是大姊先朝我揮手並且走過來。

「弟弟，剛剛有看到金玲多厲害嗎？」

「有，看完整場。」

「走吧，我們去吃飯，我請客喔。」

大姊已經走到我面前，我能看見她臉上因為過度激動而尚未褪去的紅暈。

「大姊，先跟妳介紹一下，這位是我田徑隊的學……」

我的話說到一半，「妹」字都來不及吐出口。

大姊提起腿，直接朝芷寧的腹部狠狠地踹下去。

芷寧幾乎是飛出三步之外，爬起來嘔吐出濃稠的液體，發出痛苦的呻吟。

我，錯，不只是我，連二姊、三姊和五姊都完全不懂大姊暴起傷人的原因。

五姊連忙過去扶起芷寧。

我擋在大姊面前，凝視她幾乎鎖起的眉。

而她因為過度憤怒冒起青筋，露出一排牙齒彷彿芷寧是殺父仇人。

「……我、我認出來了。」三姊用力扯住我的外套袖管，恐慌地說：「快點躲到後面，笨蛋弟弟，你不知道她是誰嗎？」

「到、到底是誰？」我愣愣地問。

「就是刺傷弟弟的人啊！」

我沒有認出來。

原來芷寧是當時的未成年竊賊。

當初我躺在病床兩個月，跑警局之類的事都是大姊和三姊處理。她們在少年法庭看過芷寧，所以認得出來。

雖然我知道她住在名為寶藏村的貧民窟，和過去的二姊跟三姊一樣，或許，正是因為芷寧的出身和二姊、三姊一樣，我才會特別照顧她，但我沒因為這點就聯想到她是刺傷我的人。

腦袋裡所有的問題在一瞬間解開，我卻沒半點喜悅。

在我的強力要求下，二姊、三姊、四姊扛著過度憤怒的大姊前往慶功宴的餐廳，五姊留下來陪我，再加上芷寧，我們三個人在夜晚的公誠大學找到一處無人的地方、文學院大樓的後門階梯坐下。

「學長對不起……真的很對不起……」

她剛剛要用絕招雙膝跪地式，便馬上被五姊抱住，因為我早就算到這招。

「當時，好不容易有高中看上我的撐竿跳成績，願意免費讓我讀書，但前提是我能生活到高一入學獎學金下來。於是我重操舊業，闖空門偷東西去賣，剛好遇到學長發現我行竊……」

「嗯。」

「我驚慌失措，一想到被發現會讓我的獎學金取消，腦袋亂成一團，再回過神來，我就已經、已經用自衛的刀……用刀……」芷寧說到這，整張臉毫無血色。

「捅我。」我補充。

「後來我一下子就被警察逮到，被判刑，坐幾個月的牢……對不起，萬分抱歉。」

「既然如此，為什麼還要再接近我。」

「因為學長對我有大恩！」

「我一直搞不懂，到底是什麼恩？」

「學長努力脫離昏迷，沒有死掉，健康康復，就是對我最大最大的恩惠。」芷寧雙眼含淚，哽咽地說：「學長死掉，我就是殺人罪；學長昏迷不醒，我就是重傷害罪；學長甦醒康復，我就是一般傷害罪，才能……短短幾個月放出來，學校還願意給我機會。」

「原來如此。」我嘆口氣。

「我一直很後悔，非常非常非常後悔。我在少年觀護所，晚上都會失眠，然後雙眼緊閉著後悔到天亮。失眠的問題，直到我讀公誠大學，親眼看見學長健健康康，當晚，是我第一次一覺到天亮。」芷寧揉揉泛紅的眼，坦白道：「我就想，要是我全心全意對你好，是不是我也能跟著快樂……」

聽她的自白，連五姊也不禁動容，感受到她徹底的悔意。

「妳問過我『學長，你有後悔過嗎』，我告訴妳答案，人生本來就會後悔，關鍵是，妳在後悔之後做了什麼。」

「我、我什麼都沒做……對不起……」

「我倒覺得，妳沒再犯，努力向上，就夠了。」我拉起衣服，露出整個腹部和傷疤，緩緩對芷寧說：「當初的傷，只留下淡淡的疤，我不懂妳為什麼不願放下，還繼續愧疚著。」

「因為……我還不能原諒自己……」

「我原諒妳。」

「學長……」

「妳付出代價，從未再犯，就值得被原諒。」

「學、學長對不起……真的……我真的……」

芷寧雙手掩面，放聲大哭，像是想把這幾年累積的歉意一次釋放。五姊從熊貓小包內抽出幾張面紙給她，後來發現不夠，又抽了三、四張，還是擋不住眼淚與鼻涕的全面潰堤。

「學長真的可以……可以原諒我嗎？」

「我以受害者的身分告訴妳，從今爾後，妳可以過著沒有內疚的日子。」

「我懂了……謝謝學長……」

芷寧鬆了一大口氣，但哭勢未停，五姊簡直和聖母一樣發出溫暖的光輝，將芷寧擁入懷中，看得我有幾分吃味。

五姊撫著她的背，和我交換一個眼神。老實說，我們的戀愛經驗值在不知不覺中升了好幾級，原本五姊總是會擔心我在外面不老實，尤其在四姊搧風點火之下，把學妹說得多恐怖一樣。

過去的我，會避免讓五姊知道學妹的一切；現在的我，直接讓五姊和學妹見面，反而沒了猜忌。五姊也知道芷寧就只是個可憐的女孩罷了，絕對不是三頭六臂的妖魔鬼怪。

芷寧大概是哭夠了，搓搓鼻子、揉揉眼睛，用袖子抹了抹，輕咳幾聲恢復比較正常的狀態。

「這樣，我就不是學長的奴隸，單純是……學長和學妹的關係了。」

「沒錯。」

「那我就可以用女生的身分，坦蕩蕩追求學長。」

「……」把剛剛的原諒還給我啊！

「可以喔。」五姊發出驚人宣言。

「學姊不吃醋、不把我當敵人嗎？」

「我有自信不輸任何人嘛。」五姊微笑了。

是真的微笑，不是苦笑、不是乾笑、不是假笑、不是「你回家就死定」的那種笑。我目瞪口呆，我們的戀愛經驗值衝得好高，高到超乎我的計算。

「真囂張的學姊……」芷寧受到挫折。

「也沒那麼囂張嘛。」五姊皺皺眉，歉然道：「我也曾懷疑龍龍是不是喜新厭舊，看膩我轉而喜歡年輕又貌美的女生，不過當龍龍帶妳回家，我反而放心了。」

「為什麼？」芷寧好好奇。

「因為龍龍信任我，所以我也要信任龍龍。」五姊柔情似水地凝望我。

我趕緊撇開頭，以免被她們看見二十一歲的成年男子，仍像個國中生般，滿臉漲紅，似笑非笑，幸福到一塌糊塗、亂七八糟的神情。我竟然開始感謝長年不在家的老爸願意帶五姊回家，還要感謝大姊把五姊養得白白淨淨，再感謝二姊、三姊、四姊的潛移默化讓五姊變成最完美的女生。

能和五姊在一起，我就是全天下最幸運的人。

什麼倦怠期嘛？

根本狗屁。

「爛蟲弟弟就是因為學妹長得像小夢，所以才偷偷帶回家。」

「好歹學妹也背著妳去仁愛禮堂。」

「感、感謝歸感謝，也不能掩飾她傷害弟弟和長得跟小夢很像的罪。」

和四姊的對話被我強制結束。

「唷，沒想到弟迪好貪心，金屋藏嬌欸。」

「我沒藏，五姊知道。」

「該不會是……三人行？不愧是我的弟迪，下次記得找我！」

和二姊的對話也結束了，正確來說，對話根本就不該開始。

「弟弟有祕密沒說……」

「我哪有祕密，就只差沒脫光光給妳們看而已。」

「……脫掉的衣服，我想聞。」

和三姊的對話就在她的怪癖發作之前結束。

「弟弟，不准再跟那個凶手見面。」

「芷寧已經改過自新，現在是頂級的撐竿跳選手，前途一片光明。」

「……關我什麼事？」

和大姊的對話不能說斷就斷，因為此刻的我正跪在她的床邊聽訓，五姊擔憂地陪在我身邊，大概是怕我被修理。沒想到我二十一歲了，還是得臣服在大姊的美足之下，而且沒半點想要反抗的衝動。

「是因為芷寧和二姊、三姊一樣，都是從寶藏村出來的人，所以龍龍愛屋及烏，把芷寧當成自己人照顧。至於凶手的事，根本沒人知道嘛。」五姊站出來替我說話。

「香玲，妳要記得，李家的男人天生有過度濫情的問題，從已經過世的爺爺，還在懺悔的爸爸，到自以為是的弟弟，統統都有無法拒絕漂亮女生的混帳問題。」大姊歷經滄桑似的昂首。

「我信任龍龍。」

「正是因為他是我親弟，我才不信任他，萬一過幾天又從外面撿個少女回家養，妳作何感想？」

「我就和龍龍一起養。」

「……」大姊瞇起雙眼，狐疑地問：「前陣子，我才聽金玲說，妳不是因為擔心什麼倦怠期的問題，跑去找玄玲嗎？」

「大、大姊……別說嘛。」

「玄玲跟妳說了什麼，怎麼讓妳一點警戒心都沒有？」

「三姊說，對龍龍不滿就直接分手……不要在腦中上演腦補劇場，她討厭我這樣……」

「被罵了？」

「是的。」

「嗯……我居然一時之間，沒辦法反駁玄玲。」大姊拍拍自己的腦門，用腳趾夾我的下巴，無奈地說：「不過妳還是得盯緊這傢伙，他要是再亂撿奇怪的東西回家，馬上告訴我。」

「好，大姊先別夾龍龍……」

「李狂龍，你有聽見嗎？下次再亂撿個殺人凶手回家，看我會不會揍死你。」大姊不管五姊阻止，依然坐在床邊，抬起當成凶器使用的長腿教訓我，不在乎姿勢很不美觀，「你就沒想過，萬一那個凶手死性不改，會傷害你其他姊姊嗎？」

五姊一邊要替大姊拉下長T衣襬遮住黑色的內褲、一邊要保護我的下巴，忙得手足無措。

「大姊，是我錯了，對不起。」我誠心誠意道歉。

「是真的嗎？」

「真的。」

「嗯。」

大姊放下腿，輕輕揉著我的下巴，又惱又不捨地說：「二十一歲了，要懂得遠離危險、要學會照顧自己，不然有一天我不在了，你怎麼辦？」

「別說出這種劇情似乎要急轉直下的話啊……」我嚷嚷。

「發什麼神經。」大姊拍一下我的臉頰，沒好氣道：「給我出去好好反省，我還有事要跟香玲交代。」

「交代什麼？」

「如何控制李家的男人。」

「……」

我無言地走出主臥室，抓著淩亂的短髮，擔心五姊會被教壞。

剛走出去，我就看見難得回家的三姊靠在牆邊像是在等我。

「被大姊罵了？」

「念幾句而已。」

「……過來。」

「喔。」

我移動到三姊面前，她只是用深邃的雙眸定睛在我身上，沒有特別的動作、沒有說特別的話。倒是我看她的打扮，寬鬆的白色大毛衣、短褲和有可愛兔子圖案的褲襪，去讀大學之後反而更年輕了，青春取代原本的死氣沉沉，想必三姊在大學過得很好。

「都不問我過得怎樣嗎……我們可是一個多月沒見。」

「三姊，在大學過得如何？」

「有好……有壞……」

「好的地方？」

「終於認識一個談得來的朋友。」

「壞的地方？」

「沒有你。」三姊推推眼鏡，不太順暢地說：「當然……沒有姊姊和妹妹，會孤單。」

「不然搬回家吧，騎車通行沒多遠。」

「我會迷路……」

「不然等到我大四比較沒課，載妳上下學。」

「不行……」

三姊摸摸我的臉，深深地嘆一口氣，沒有解釋不行的原因。我們姊弟就站在餐廳的牆邊跟雕像一樣，直到五姊從大姊的房內走出，三姊才收回手，淡淡地說：「剛開始每三天就一定要回家一趟，現在好不容易可以支撐一個半月……不能半途而廢。」

「三姊，在學校過得好嗎？」五姊穿上掛在門邊的熊貓外套。

「很好，還交了一個朋友。」

「真的嗎？快點跟我說是怎樣的人。」

「那我陪五妹一起出門買晚餐。」

「好，走吧。」

我就站在原地看著一對姊妹嘻嘻哈哈，想不透為什麼一樣的問題，三姊會有不一樣的答案。

過了一陣子。

當我對小夢完整地說起芷寧就是在高二暑假刺傷我的凶手，她在我面前，同樣呈現傻眼的呆滯狀態。

我聽著咖啡店的祥和古典樂，喝著微澀的咖啡，沒有打擾她消化這起比白鶴報恩更離奇一百倍的凶手報恩。況且芷寧的外表就是很一般的大學女孩，頂多幾個小刺青比較顯眼，其餘的氣質、談吐、肢體動作絕對看不出來她曾進過少年觀護所。

呆滯的小夢剛好給我一個觀察她的機會，不得不說，戀愛中的女人最美麗。以往和我喝咖啡的邋遢樣全消失，現在還會穿高跟鞋和化點淡妝，甚至連送上咖啡的男服務生都在我們這桌逗留特別久，一下問會不會太甜、一下又問需要奶精嗎。

拜託，過去你都是咖啡扔著就閃人了啊！

「抱歉……我失神了。」小夢啜了口咖啡，緩緩道：「最近工作讓我好累，再加上你剛剛說的，簡直比《藍色蜘蛛網》還離奇。」

「工作有麻煩？」

「嗯，很辛苦……我沒大學文憑，要找份適合自己的工作好難。」

「又換？這是第五……不，是第七個了？」

「下週又要去面試，還得治裝，最近氣色又差到不化點妝不敢出門的程度。」

「哇……這麼慘烈，不然先休息一陣子，別找工作了。」

「拜託，我媽這幾天要出國工作三個月，我沒工作，你要養我喔？」

「這個嘛……」

「停，不准回答，我一定是累瘋了才會說出這種奇怪的話。」

「妳可是有我家大姊所贈送的『無限吃飯許可證』，養妳不是問題，問題是妳相親對象恐怕不會放過我。」我尷尬地笑笑。

小夢忽然回過神，笑道：「還好他很照顧我，不過他最近工作也忙，比較少理我了。」

「對了，妳的攝影比賽呢？拿到首獎了沒？」

「還要過幾天才公布。」

「能得獎就好了。」

「對啊，先不論獎金夠我生活一陣子，有個獎項背書，找相關的工作一定會容易很多。」

「能贏吧？」

「一定能！」

小夢一掃頹廢，雙手緊緊握拳，激動地緊閉雙眼，我不免淺笑，思量是不是該預定個餐廳在獎項公布當天替她辦慶功宴，算給她一個驚喜。不過呢……小夢相親的對象說不定已經在默默安排，萬一鬧出雙包豈不是超糗，此事得和五姊討論看看。

「其實，仔細算算。」我扳著手指，數道：「妳在戀愛方面，進展順利；夢想方面，只差一步。怎麼算都算是過得令人眼紅，妳又何必……」

「你、是你才令人眼紅。」小夢插話，忿忿道：「你和香玲學姊的關係已經好到這種程度了，從外面帶個女生回家過夜都沒關係，彼此的信任根本就超過一般情侶。」

「放心，妳絕對也能找到一個可以無條件信任的男生。」我比一個讚。

「得了便宜還賣乖欸你，香玲學姊這麼好的女生看上你，你上輩子不知道燒了幾百萬的好香。」

「不用燒，當有一天，某個人出現，會讓妳覺得『錯過他會讓我後悔一輩子』的時候，不要說是付出信任了，即便是付出一切也值得。」我蹺著二郎腿，輕浮地笑。

小夢哼一聲撇過頭去，居然沒有吐槽我，嘴巴碎念著我聽不到的字句。

我雙手抱胸，既驕傲又欠揍地說：「沒錯，在我家五姊眼中，我就是這樣的存在。」

「少臭美，你就是狗屎運而已！」小夢終於回頭過來吐槽。

「哈哈哈。」我邊大笑邊站起來，拿起冷掉的咖啡一口飲盡，「那我有事，就先走了。」

「這麼快？」她抬起頭。

「我和五姊還要討論出去玩的事。」

「嗯……」

「妳公布得獎的時間是幾月幾日？」

「頒獎典禮在十天後，不過要是這七天沒接到電話聯絡，大概就是落選。」

「好，得獎後我們再去大吃大喝，記得找妳的相親對象一起去。」

「得獎再說吧。」

「小夢！」我在寧靜的咖啡廳內大喊一聲。

她尷尬地瞪我一眼，輕聲道：「幹麼啦？」

「妳拍的照片有改變一個人的能力，別想太多，一定會贏。」

「改變一個人……哪有那麼厲害？」

「有，就是我。」

「你？」

我拿起帳單準備去結帳，臨走前拍拍她的肩。

「要記得，妳可是徐心夢。」

雖然看表情，小夢到我離開咖啡店時仍然一頭霧水，大概是因為她忘記了，曾經，她送我一本相簿，讓我坦誠面對自己。所以我說她的照片有改變一個人的能力，絕對不是唬爛，至少我就被改變過。

公誠大學操場的觀眾席，我和五姊坐在一塊，我穿著長袖體育服都覺得冷。而五姊穿得很怪，其實不只五姊，全家除了大姊以外，其他姊姊在冬季的穿著都很怪。

簡單說，就是頭重腳輕；上面是毛衣、風衣、大衣，還有圍巾和毛帽之類，但神奇的是，一定要露出一雙彷彿切斷溫感神經的腿。那該死的裙子就是不能換成長褲，前幾天冷到接近十度，她們才甘願加上褲襪，但還是要穿裙子。

所以，現在我就得脫下運動外套，蓋在五姊的雙腿，然後她甜甜地說聲「龍龍好溫柔」之後，把圍巾分一半給我繞脖子，這到底是為什麼呢？希望在十年內，我可以成功研究出問題所在。

下午三點多，五姊一空堂就跑到操場找我，趁我腿傷無法訓練，抓緊時間拿出平板電腦跟我討論過幾天要去哪裡玩。其實去哪裡都行，不過五姊希望我出點意見，即便我的意見九成都是「嗯」、「好的」、「不錯喔」、「ＯＫ我也喜歡」。

然而，真正不可思議的是，我全部都回答贊同，半個小時過去，我們居然還沒決定要去哪。

「學長～」芷寧朝我揮揮手，一路跑過來，「我這邊訓練結束了，終於可以休息。」

「嗯，辛苦。」

「學姊也在。」

「她在和我討論過幾天要去哪玩。」

「喔喔，十四、十五、十六號，我都有空喔。」芷寧舉起手。

「……」我扶額。

「我是擔心學長的腿傷，絕對沒有非分之想。」

雖然滿身大汗，連毛巾都半溼，芷寧仍舊立正站好，表情誠懇到我差點就說好。

五姊也沒說什麼，只不過是努努嘴巴，芷寧就乖乖坐到她旁邊的座位，五姊滿意地摸摸她的髮絲。

現在是什麼情況？

「嗯，好聽話。」五姊連眼皮都沒抬，還在看螢幕。

「學姊……我乖嗎？」芷寧怯怯地問。

「妳們之間，到底發生什麼事？」我也問。

「我和芷寧約法三章以後，我們就決定當好朋友了。」五姊回我。

「哪三章？」

「不能騙我、不能反抗我、不能拒絕我。」

「……這是奴隸條款吧？」

「是二姊說，就這樣問問看，沒想到芷寧一口氣就答應了嘛。」

「不行，馬上取消！」

「好吧，龍龍說了算。」

「這樣是違約！」芷寧彷彿權利受損走上街頭抗議的人，不滿地抱怨，「我明明和主人都約定好了，學長不可以插手！」

「……」所以我是壞人？等等，這在邏輯上一定出了很大的問題吧？再等等，剛剛她是叫五姊主人嗎!?

「前天我和芷寧聊了很多，從被害者家屬的角度和加害者的角度，我們彼此交流，她理解我當時的痛苦，我理解她一直以來的罪惡感，漸漸發現她真的是……可憐又可愛的女生。」五姊一臉堅定，認真地抬起頭，「我決定不聽大姊的話，想和龍龍的學妹交朋友。」

「妳那不是交朋友，是收編奴隸啊！」

「主人，不要叫我學妹了……請您叫我『奴奴』或『下賤的臭奴』。」

「妳給我恢復正常啊啊啊！」

「龍龍，這不過是角色扮演的遊戲，開開玩笑而已，不信問芷寧。」

「是的，主人說是就是。」

「很明顯她是認真要當妳的奴隸啊啊啊啊啊！」

「主人，這次你們出遊，務必要帶上我，我很有用的，會鋪床、會暖被、會提行李，不管是白天還是晚間，為您服務二十四小時。」

「妳會替隊上的阿周、晉德、亞明學長服務嗎？」我試圖點出芷寧有多荒唐。

只見芷寧一愣，接著回過神來，鄙視地說：「這三坨糞物，是憑什麼要我服務？

學長說的話真奇怪，讓我很難理解。」

「妳也未免反差太大了吧！而且學長們都是好人，別叫他們糞物啊……」

她根本沒在聽我說話，繼續殷求五姊，低語道：「可以嗎？主人，請帶著我。」

「嗯，不行。」五姊收起平板電腦，「這次是我和龍龍的兩人旅行。」

「主人一定會帶衣物、行李、生活用品吧，所以把我當成『用具』帶去就行，我不會打擾你們。」

「還是不行。」

「為什麼？為什麼？一定要給我一個理由！」

「因為我說不行就是不行，不用給奴隸任何理由。」五姊淡淡道，話語間卻隱含大姊特有的銳利之氣。

芷寧紅著臉，緩緩地垂下頭，百分之五十哀怨、百分之五十愉悅地說：「是的，主人，我會乖乖聽話。」

「……」我雙手抱頭。

「我想，這輩子都無法脫離主人的掌控了……芷寧也願意獻身給主人……」公誠大學田徑隊之花正臊得滿面通紅。

「妳給我獻身在田徑賽場上啊啊啊啊啊！」我拉扯自己的頭髮。

第四條　弟弟對姊姊的內衣不准有遐想

我和五姊難得一起出遊。

大姊借我車，讓我考到駕照後第一次開長途，預計從臺北一路開到南投去，玩個兩天一夜才回家。南下大概要三個小時的車程，天氣比想像中還晴朗。在高速公路上，我查看車子的溫度計，外面大概二十度出頭，是最適合出遊的氣溫。

這三個小時，我當然沒白白浪費。

五姊雙手按著耳朵，求饒道：「龍龍放過我嘛，我只是和芷寧玩角色扮演，又不是認真的，別一直念我。」

「我要一路念到南投為止。」我單手握著方向盤。

「龍龍好殘忍……」

「會怕就好。」

「還不是龍龍的錯。」

「我的錯？」

「對啊，還不是因為龍龍過度信任我，所以我也要無條件相信你說的，你說芷寧是好人，那她就一定是好人，可以當我的朋友。」

「拜託，我無條件相信妳，也不代表我說什麼，妳就聽什麼。」

「不管，我就是要聽！」

「可惡，五姊好任性。」

「對，我最任性了，所以我永遠都要聽龍龍的話。」

「好啊，那大家來啊，從現在開始我就故意對妳百依百順，看誰更聽話。」

「一定是我最聽話。」

就因為這莫名其妙的爭執，當我將車開到休息站吃中餐時，我們姊弟倆就站在拉麵和擔仔麵的店面前僵持，誰都不願意說出自己要吃什麼，都在等對方先說，像笨蛋一般罰無意義的站。

「是我輸了，五姊，我們吃拉麵吧……」

「可是我想吃擔仔麵欸。」

「我們分開排隊吧。」

「嗯，龍龍……我們真的好像傻瓜喔。」

「是呀，我們是傻瓜姊弟。」

「不對，是傻瓜情侶。」

「好吧，我餓了。」

「我們不能再為這種事爭執，畢竟難得出來玩嘛。」

「沒錯！」

吃完中餐，我們繼續開車上路，一路說說笑笑，時間過得飛快，順利抵達南投的著名景點「集集火車站」，在全是檜木打造的古蹟火車站遊覽，和擺在旁邊的燃煤蒸汽火車頭合照。附近遊客不算太多，這就是平日出遊的好處。

我再度上車，跑去集集綠色隧道拍照，在全長四點多公里的道路兩旁，有上千棵樟樹，茂密的樹葉幾乎擋住整個天空，說是隧道一點都不為過。五姊坐在樹與樹之間的座椅休息，我則停不下來，拿著小夢的相機拚命拍。

直到五姊對我招手，我才回到她身邊坐下，看著相機螢幕顯示的照片，挑半天沒一張滿意。

「一樣的相機，不一樣的人使用，拍出天與地的差距。」我失望。

「小夢是專家嘛。」五姊餵我喝一口她準備的溫紅茶。

「我原本還以為用她的高檔相機，至少能獲得她五成功力，實際上兩成都沒……」

「我們是觀光客嘛，能記錄畫面就夠了。」

「說到小夢，也不知道她接到得獎的電話沒。」我收起昂貴的相機。

「一定會得獎的。」五姊靠在我的肩，甜甜笑著。

我們相互依偎，手緊緊牽好，安詳地坐在由綠葉和樹木組成的隧道內，一點都不覺得冷。感受到五姊暖暖的體溫，我舒適得微微瞇起雙眼，真希望這是時光隧道，時間無限選擇此刻，重複過著這一秒鐘。

「五姊，妳有後悔過什麼事嗎？」我輕聲問。

「嗯……應該沒有吧。」她說。

「不可能沒有，人一定都會後悔。」

「喔喔，有喔，我有點後悔來南投，我們應該去高雄的……」

「為什麼？這裡超棒啊。」

「南投沒有動物園嘛，高雄有壽山動物園。」

「……」

我當作沒聽到，以免對黑白色的恨意會破壞這片安寧的綠。

「還有嗎？」我再問。

「應該是沒有了……我有龍龍陪我，家裡又可以打掃，每個月都能去動物園，真的不需要後悔，我每一天都過得很快樂。」

「只要改變過去的某個決定，或許妳能過得更快樂。」

「龍龍保證一定會更快樂嗎？」

「我不能。」

「後悔是這麼高風險的事，我才不要呢。」

「有的時候，我會覺得妳才是李家最聰明的人。」我吻了五姊的手背，覺得自己好幸運。

五姊面紅耳赤地說：「大姊和三姊都比我聰明……」

「所以妳是指二姊和四姊比妳笨。」

「沒、沒有，我沒這個意思，龍龍不要亂講嘛。」

「再見～」

「龍龍對不起，是我講錯了，不要跑！」

結果我們在綠色隧道內上演妳追我跑的少女漫畫情節，被騎車路過的警察大叔攔下來訓話。害我和五姊羞愧地道歉直說不敢再犯，連忙夾緊尾巴灰溜溜地逃上車，希望沒人看見我們的臉。

「嘿嘿，我剛剛有抓到龍龍喔，所以要忘記我剛剛說的話。」五姊還在喘氣。

「拜託，我只是快步走而已，真的讓我跑起來，警察騎車都追不到。」我雙手抱胸，責怪地說：「剛才都是妳害的，害我超丟臉，居然在觀光景點像屁孩般跑來跑去。」

「為什麼是我？」

「因為在妳身邊，我就會幸福到腦袋一片空白，智商降低了啊！」

「龍龍，對不起嘛……」

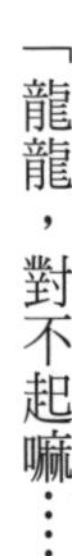

大姊真是大手筆。

我和五姊是睡最頂級的房間，落地窗外有個私人的小庭院，不少植栽和人工造景滿布，碎石、竹子、流水、假山、風鈴、煙霧瀰漫。煙霧的原因是因為正中央有個家庭式的泡湯溫泉，整個房間占的坪數是我們家的兩到三倍，只住了我和五姊。

就算是冬天，我全身只裹著一條浴巾泡在溫泉中，抬起頭是星空，垂下頭是米白色的暖流，一點都不覺得冷。

原本想說，大姊訂這種等級的房間太浪費了，不過當我泡到不想出來，這種念頭就顯得矯情。

今晚，就睡在這吧……

「龍龍，都泡第三次了，快點進來睡嘛。」五姊推開落地窗，外頭的冷意讓她下意識拉緊浴袍的衣襟，遮住鎖骨處的一整片肌膚，「哪有人泡到皮都皺皺的，用吹風機吹平，又跑進去泡，來來回回三次。」

「妳不懂這多棒。」

「有躺在床上等你的女友棒嗎？」

「在床上的女友天天有，溫泉只有今晚有。」

我誠實的發言顯然不能讓五姊滿意，她鼓起雙頰，用自以為凶狠但其實很可愛的眼神瞪我，還走到溫泉池邊，試圖對我傳達怨念和施加無形的壓力。

「先去睡吧，我泡夠就會進去。」我悠然自得。

「沒有龍龍，我睡不著。」

「妳太依賴我了。」

「還不是龍龍害的。」五姊雙手扠腰，微慍道：「誰叫你每個晚上都守在我身邊，讓我產生戒不掉的依賴性。」

「什麼？我害的？」我立刻坐挺身子，開始反擊，「那五姊軟綿綿的身體和暖呼呼的體溫還不是讓我愛不釋手，但我也試圖要戒掉了啊。」

「不一樣，龍龍總是替我蓋被子，讓我跨腳，還會擔心我冷到，成癮度根本就沒得比。」

「是嗎？我都還沒抱怨勒，每當我訓練完回家，妳總是替我泡紅茶，還會依天氣調整茶溫，甜度、色澤、香味都是量身訂做，害我喝外面的飲料都很不習慣。上次去五十嵐，我還不自覺跟店員說『我要紅茶，和五姊泡得一樣』，害我被恥笑，一年不敢去那間店。」

「龍龍還不是一樣，你從高三開始，每次比賽都贏，害我在朋友面前都一直說弟弟有多厲害，同學都開始議論我是個過度臭屁的女生，一點都不謙虛了！」

「這算個屁，五姊燒得一手好菜，還把我們的房間打掃得一塵不染，每件衣服都摺得漂漂亮亮，甚至連同一雙襪子都會疊在一起，以防我穿錯隻。到這種程度已經不算是依賴，簡直是想讓我變成廢人吧？迫使我一輩子都離不開妳的深遠陰謀！」

「龍龍才是。明明是弟弟，居然像哥哥一樣照顧姊姊，小時候敢隻身帶我們去醫院看病，未成年就敢開車帶我去急診開刀，因為瘋后念我幾句就敢去炸人家的機車，害我根本就找不到比龍龍更疼我的男生，大概在十二歲的時候就擔心萬一不能嫁你怎麼辦！」

「可惡，妳竟然把我說得這麼難聽。」

「龍龍也是！」

「過來。」

「我才不要！」

不管五姊的反對，我強硬地一把將她拉進溫泉內，濺起半人高的水花，激起響徹方圓十公尺的尖叫和我得逞的奸笑聲。

「臭龍龍！」

「香香玲！」

剛洗好澡吹乾頭髮的五姊又被水弄得一團亂，她的長髮半溼地黏貼在胸前，浴袍滑落一邊，綁在肚子前的綁帶也鬆脫，裡面除了白色的繫繩內褲外什麼都沒有，倒是溫泉的熱度把她雪白的肌膚燙成了粉紅色，好像內搭一層粉紅色的薄紗。

「我好不容易要上床睡了欸……」

「陪我。」

五姊意思意思抵抗幾下，就乖乖坐在我的大腿，讓我從後環抱著，在一片星光下，於她的耳邊細語。

「如果有一天，我不能讓妳感到驕傲了，怎麼辦？」

「沒怎麼辦，龍龍就是龍龍。」

「現在妳是這樣說，以後可能就會嫌棄我。」

「龍龍真是個神經病……」

「我是神經病，妳還會喜歡我嗎？」

「不管龍龍怎麼樣，我都喜歡。」

「五姊，謝了。」

渾身放鬆，我將下巴放在她的右肩，悄悄聞著她髮鬢間永遠讓我安心的香味。真心慶幸我和五姊能來南投一趟，要不是因為還需要上課，恨不得再多住幾天，就這樣泡在溫泉裡抱著五姊……

什麼都不必多想。

後來，我們趁北上回家前，還去臺中逛了一圈，在宮原眼科吃冰外帶餅乾、在一中商圈吃大腸包小腸和雞排，最後在高美溼地欣賞夕陽，我們才回臺北。當然進入高速公路前，還是買兩大盒太陽餅要回去孝敬其他姊姊。

一到家，已經很晚，我和五姊累到梳洗完畢就上床睡覺。

隔天一大早，我在吃早餐，五姊就被大姊叫進房間說話，談到我早餐都吃完還沒結束。所以我乾脆帶著幾盒餅乾和相機去找小夢，就沒有等五姊。

先打手機給小夢，沒有得到回應。最近老是這樣，一通電話打過去，接與不接的機率一半一半。我猜大概是和相親的對象聊得正入迷，以至於不想被打斷吧。

運氣不錯，我剛到小夢家，碰巧遇到小夢的媽媽提著兩大箱行李要出門。我連忙表明來意，她媽媽歉然地說，今天是小夢例行和相親對象約會的日子，所以不在家。

沒碰到面很可惜，不過我把餅乾和相機放在她們家的餐廳，再替小夢媽媽提行李去坐已經在樓下等的計程車。目送她離開後，我百般無聊，不知道是該回家還是先去學校。

漫步在小夢家附近的巷弄，意外想到我第一次來的時候還迷路。結果這些年過去，我即便閉緊眼睛也能隨便亂逛，毫無難度可言。

早上十點，吃中餐太早、吃點心又不餓的尷尬時間，我獨自一人散步，走進附近的公園閒晃。

一想到小夢和相親對象進展順利，就不得不祝福她，並且為自己一開始唱衰的看法感到羞愧。相親這種男女認識的模式雖然古老，但我必須承認，也是有可能找到優秀的人。

「不過，等妳有男朋友，我們就不能像以前一樣常常去喝咖啡了吧。」

我自言自語地走到上次芷寧、小夢和我見面的地方，四周都是樹，像是天然打造的房間，中間有幾排木椅，木椅坐著人……嗯？坐著人？

「欸，妳怎麼在這？」我目瞪口呆。

就算小夢化了妝、換上可愛的藍白色洋裝，我還是能在零點一秒內認出她就是小夢。

她看到我也嚇一大跳，趕緊擦拭著眼眶，不自然地大笑道：「呵……呵呵，好巧喔，你怎麼跑到這？」

「……」直覺告訴我不對勁。

「你和香玲學姊的旅程好玩嗎？有沒有買名產給我？」

「……」小夢的鼻尖紅紅，眼睫毛溼潤，嗓音有點啞，顯然是剛哭過。

「對了，我的小徠呢？」

「……」她口中的小徠是指相機，這我聽得懂，不過她強顏歡笑，似乎是在隱瞞什麼的表情讓我看不懂了。

「你有給我照顧妥當吧？要是有一點點損傷，我可饒不了你。」

「……」看，她知道我在懷疑了，假裝在生氣，故意要轉移我的注意力，干擾我的思緒。

「還有，每張照片我都要看，測試你是不是有進步。」

「……」

「欸，你說話啊。」

「……」

「喂，別、別讓我像個笨蛋……」

「妳根本就沒有相親的對象吧。」

我不是用疑問句。

「怎麼可能嘛……我都跟他出去幾、幾次了，一定……一定……」

「妳不用騙我。」

「我沒有……我真的……」

「妳每次說要約會，然後打扮得漂漂亮亮，讓媽媽看過之後，就坐在公園裡等幾個小時，再假裝約完會回家，對吧。」

「……別、別再說了。」

「為什麼要對我說謊？」

小夢像是豁出去般，憋足了一股氣大喊：「還不是因為你不幫我！」

「怎麼可能不幫？」我相對冷靜。

「你明明是我最好的朋友，但是當我說，媽媽要逼我去相親，結果你什麼都沒表示，就眼睜睜看著我去！」

「我明明就說要擔任妳的假男友去搪塞一下，可是妳說不要。」

「我要，可是你先說出口，我就說不出來了啊！」

小夢雙手掩面，無力地坐回座椅，全身激動發抖，銀色的耳環晃動，劇烈喘息久久說不出話來。而我一時之間也不知道該怎麼開口，只能搓搓手，連坐下都不敢。

「……狂龍，對不起，我、我剛剛都是亂講的，遷怒你，很對不起。」良久，她緩和過來，恢復平時六成的平穩。

「不用跟我道歉，我們一起想出解決的辦法才對。」我關心地勸她：「把整個來龍去脈告訴我。」

「喝咖啡時，都告訴你了。」

「我不要妳怕我擔心的省略版本。」

「……其實，不是怕你擔心，我是偷偷在嫉妒你過著幸福快樂、完美無缺的日子。在學校、在比賽、在家裡、在感情，你都贏我太多，所以……才想隱瞞你，怕你也輕視我。」小夢深深嘆口氣，那張臉有妝，我卻看不見任何顏色。

「拜託，幸福快樂，ＯＫ，我算；但完美無缺和贏妳太多，是真的沒有。」我坐在她身邊，用風一吹就散的音量，輕聲私語我的不完美。

我慢慢說，小夢的臉慢慢從凝重變得錯愕，最後是難以置信，她一開始的懷疑在我的慘笑之下化為憐憫。

人會後悔就不可能完美，我希望她明白，每天踏入公誠大學的我都在思量著後悔。

小夢很想追問，不過我的表情告訴她，就莫再問了。

我們同是天涯淪落人般相視一笑，雖然滿滿的苦味，不過總歸還是笑容。她搓搓臉，也不管妝花了大半，斷斷續續、講講停停，失魂地一五一十都告訴我。

小夢高中畢業出社會後，真的過得不好。

主要是找不到能一展長才的工作，再加上媽媽過度關心施加的壓力，讓她必須去相親。和對方見第一次面，原本感覺還不討厭，但是第二次見面，對方自然流露出的高傲、炫富與自大的個性讓小夢無法接受，下定決心不再和對方見面，不過對媽媽不好交代，就只好定時演出要去約會卻在公園發呆的戲碼。

「妳別過得跟中年失業的大叔一樣，明明就沒工作還準時出門上班啊。」我沒良心地吐槽。

小夢抗議道：「我也不想。」

「停止這種愚蠢的行徑，找媽媽好好談一談。」

「她出國了。」

「等她回來。」

「反正她出國，我就不用演了。」

小夢垂頭喪氣地站起來，拍拍屁股，想擺出一個重新出發的姿勢，但顯得意興闌珊。她緩緩走出去，我跟在後面又勸幾句，可是她根本就沒聽進去。

直到我們走出公園，走到她家，小夢才終於鬆口。

「其實我還有個最後希望。」

「講『最後希望』，最後十之八九會落空啊。」

她狠狠踢了我屁股一腳，嗔道：「你不要詛咒我。我只要贏了攝影比賽，證明我有實力，媽媽就會放心，專業的攝影相關公司也會給我工作。」

「妳有接到通知領獎的電話嗎？」

「時間不太一定，不過我可以主動打電話去問。」

「喔喔喔，那快點打吧。」

我進到小夢家，她已經站在充電中的手機邊，卻遲遲不敢拿起來。

「欸……萬一真的落空怎麼辦？」

「再參加下一場。」

「別說得那麼輕鬆。」

「輸了再戰，絕對不輕鬆。」

小夢拔掉電源線，拿起手機，面對明亮的螢幕，卻久久按不下通話鍵，撥不出主辦單位的號碼。

「狂龍……」

「叫我幹麼，還不快打。」

「幫我打好不好……」

我一把拿過電話，馬上按下通話鍵，等另一頭接起，我劈頭就說。

「您好，我是徐心夢，想請問一下，我什麼時候才能上臺領獎？」

「為什麼你能裝出若無其事的樣子？」

小夢洗完長達一個多小時的澡後，問我，接著，我答。

「李家的弟弟不練就一身裝傻的本能，我該怎麼面對家中五位姊姊？」

面對我似笑非笑的話，她只是橫了我一眼，拍拍我的肩膀，勸我趕快回家。

剛剛的電話，看到我黑著一張臉，她就猜到作品落選的事實，沒有過多的情緒波動。我特別死纏爛打一會，不停逗小夢說話，再仔細觀察她的反應，不出意料是稍稍低落些，卻還在合理的範圍內，讓我安心不少。

故意再逗留一會，等到她睡得頗深，我才關掉電視和電燈，拿著她家的鑰匙離開。

不愧是小夢，比我想像中的堅強，自己還會去洗個澡，換一套舒適的睡衣，乖乖去睡個午覺，所有狀況一切安好，沒有半點不對勁……

才怪。

隔天，我上完上午的課，中午回家前特地繞到小夢家一趟。發現她穿著一樣的睡衣、躺著一樣的姿勢，睡在一樣的床鋪，只不過沒睡，而是張大雙眼，定在天花板，看著沒亮的燈。

保守估計，她維持原狀差不多二十四個小時。

「小夢壞掉了。」我對剛剛搬來的救兵說。

身為救兵的五姊不捨道：「好好的小夢怎麼會……」

「小夢的媽媽出國工作要一段時間，放任她不管的話，恐怕會出事。」

「對呀。」

「身體會長出蘑菇之類的。」

「怎麼可能嘛。」

「屁股也會長疥瘡。」

「這倒是有可能。」

聽到我們在床邊討論，小夢舉起握拳的右手，表示我再亂講，就要揍人了。

「你們回去吧，我、我再躺一會就沒事了。」相較於右拳，小夢的語氣無力。

「小夢正在騙人嘛。」

「對啊對啊。」

「你們別在我面前一搭一唱……」

「龍龍，我們就住在這吧。」

「好啊好啊。」

「我就說了，你們別在我的、我的面前……」

「一起照顧到小夢恢復原本天不怕地不怕的自信模樣吧。」

「是啊，我同意。」

「你、你們……」小夢說到一半，翻過身去，面對內側的牆。

「龍龍，前幾年你不是在三姊的房間內搭帳篷嗎？」

「喔喔，可以搬來搭在陽臺。」

「記得要帶熊貓吉來，四姊藏在床底的一大包零食也搬來……還有那個、還有……」

我撕下掛在牆壁的日曆，找出一支筆記下五姊交代事項。期間小夢一直沒說話，我看不見她的臉，所以猜不到她在想什麼。

坦白說，突然入駐別人家是很沒禮貌的事，不過依小夢壞掉的狀態，放任她不管，簡直是違背從小到大被大姊灌輸的理念「朋友有難，兩肋插刀不必，但至少能幫則幫」，對芷寧我都能帶回家去，何況是小夢。

冒著厚臉皮的恥辱和隨時被轟出去的風險，我也要待到她正常為止。

「五姊等我，我回家一趟，順便帶兩樣祕密武器過來。」

「好，小夢就暫時交給我照顧。」

我們姊弟倆分工合作，不用太多言語，默契十足。

當我將撕下的日曆摺好，小心放進口袋內，打開小夢家的門，還沒踏出去，就聽到房間內的五姊和小夢，正刻意壓低聲音說話，不過她們家隔音還是差到被我聽見。

「小夢，對不起，這樣突然打擾。」

「你們真的不用為了我……」

「妳知道芷寧嗎？」

「是……知道。」

「她只不過是稍稍有妳一點自信、大膽和直來直往的味道，龍龍就冒著被大姊踢死的風險帶回家照顧。所以，何況是妳。」

「我、我……沒有……」

「依龍龍有些像四姊的固執個性，妳不恢復正常，他一定不會甘願離開。」

「不，我很正常……我一點事都沒有。」

「放心吧，龍龍會知道，妳何時『真正』恢復成以前的小夢。」

我沒繼續聽，悄悄把門關上，真的不得不佩服五姊懂我。說真的，也許連我屁股上有幾根毛，五姊都知道精準的數字，久而久之，我已經無法判斷這算好事還是壞事，反正習慣就好。

我的第一個祕密武器就是暖桌。

從家裡搬來直接安裝在小夢房間，大夥圍成一圈，吃著點心和餅乾、看著用筆記型電腦播放的電視節目，儼然是一幅和樂又溫暖的家庭畫面，吃吃笑笑、歡樂無窮。

「蠢蟲弟弟去洗蘋果。」

「等廣告。」

「不要，我現在想吃。」

「等廣告。」

「哼，懶惰蟲！」

「不然我去嘛，龍龍和四姊別在小夢家吵架喔。」

「沒關係，只是，為什麼金玲學姊會……」

「還不是因為低能蟲弟弟企圖偷竊我的糧食被我逮到，我得查清楚整個犯罪集團的樣貌，沒想到小夢就是主謀。」將大姊買的零食偷藏在自己床底的四姊正大放厥詞。

依然躺在棉被內的小夢無力地說：「我也是受害者……」
「那罪魁禍首就是壞蛋蟲弟弟！」四姊指著我，跟真的一樣。
「妳。」我指著門外，「回家。」
「欸，小夢也是我的同班同學，你能待，我也能待。」
「其實，你們誰都能待……不用太拘束。」小夢依然是躲在棉被內。
「聽到沒有？」四姊彷彿得到勝利。
「哼。」不滿歸不滿，我還是爬出暖桌，到廚房去洗蘋果。
拿來食用的蘋果可以很麻煩也可以很簡單，我挑出五、六顆開始作業，保守估計用掉二十幾分鐘的時間才順利端出去。
雙手端著餐盤，正準備喊五姊替我開門時，五姊剛好從廁所出來，用手勢示意我別說話，不要有任何動作。我們倆就這樣站在小夢房門外，雖然看不到裡面，可是聽得一清二楚。
「我前陣子的魔術秀，妳怎麼沒來？」四姊。
「……我大概，嗯，正在公園發呆，假裝在約會吧。」小夢。
「妳的損失可大了，我表演得超精采喔，當天就接到三件活動邀請。等我大學畢業，立刻就能成為『美少女魔術師』或是『幻之美魔手』，將來妳會在跨年夜的舞臺現場以及春節晚間特別節目看到我。」四姊。

好想吐槽，但五姊用眼神阻止我。

「金玲學姊在高中時就已經相當厲害，沒去看妳的表演，好可惜……」

「聖德高中的學生都認為我很厲害，但實際上我到公誠大學去，才知道自己一點都不厲害。」

「妳不是魔術社社長嗎？」

「我是，可是大學社團和高中不一樣，高中魔術社根本沒錢請指導老師，一切都靠我看書查資料摸索。於是，當大學找來真正專業的魔術師，我才知道，以前只不過是同好會的水準而已。」

「很挫折嗎？」

「不，很亢奮，原來我還能變得更厲害，我幾乎蹺光系上的課，整天泡在社團教室，根本沒時間讓我挫折啊。」

我聽見四姊正在洗牌的嚓嚓聲響。

「不一樣……我和妳的家庭不一樣。」

「沒錯喔，我家大姊是無與倫比的存在，妳所在的環境比我嚴苛，那更應該抓緊時間振作。」

「金玲學姊……」

「來，妳抽一張，不要讓我看到，我會為妳的未來占卜。」

「妳會不會後悔，浪費時間讀大學還不如直接鑽研魔術呢？」

「上次被當掉三科，被大姊罵的時候，就超後悔的。」

「那為什麼要依循其他人的路，我們不是應該走自己的新路嗎？」

「妳說得沒錯，問題是走自己的路，要抵抗大姊、要抵抗社會既定的觀念、要抵抗目前的教育制度。」

「金玲學姊會不敢嗎？」

「我敢是敢，可是我發現邊走著其他人的路、邊專注在魔術，遠遠比抵抗一大堆東西來得省時間。」

「怎、怎麼會……」

「簡單說，就是我很忙，沒空抵抗這個奇怪的世界。」

「……」

「好了，把牌蓋在我的掌心，讓我感應一下……喔喔，居然是一張方塊七，代表妳正處於不上不下的狀態，未來要往上前進還是往下墜落就要看妳怎麼想了……喏，蓋在我掌心的牌妳可以拿回去了，送給妳。」

「謝謝……金玲學姊。」

「不會，反倒是我的混蛋蟲弟弟為什麼洗個蘋果要這麼久？」

「咳咳咳……」在外面偷聽結束的我尷尬地推開房門，「因為怕有農藥殘留，所以洗特別久一點。」

「我的呢？」四姊問我。

我望著餐盤，一顆連皮都沒去的蘋果、兩碗削成塊狀的蘋果、一杯現打好的蘋果汁，緩緩地放在暖桌，五姊已經自動拿去碗盛的，另一碗我遞給四姊，最後是我啃掉帶皮的。

「我知道妳沒啥胃口，不過喝點果汁還行吧？」我對小夢道。

她眼眶泛紅地坐起，掌心還珍惜地捧著一張撲克牌，二話不說就把整杯蘋果汁喝進肚子裡，用袖子擦擦嘴巴，打一個小嗝，再把牌按在心窩處。這過程中，我依稀看見那張牌根本不是方塊七，而是寫著「休息之後再努力」，好像還有四姊的簽名，不過無法確認。

「金玲學姊，我會珍惜這張卡。」小夢點頭。

四姊揮揮拿蘋果的手，帥氣地沒任何表示。

「我已經恢復正常了，躺在床鋪不動是因為我藉機思考未來而已。」

這是小夢在昨晚睡前說的話，結果隔天我上完課，跑到她家去，五姊說小夢依然是除了梳洗上廁所外都不動，準備的餐點幾乎沒吃。總歸一句，小夢的情況似乎只有嘴巴好轉其餘都一樣。

四姊的鼓舞效果還不足吶。

我和五姊交班，換她去上課，我來照顧小夢。

「欸，吃不下東西，至少喝點牛奶和果汁吧。」

「我有喝……」

坐在她的床邊，環視四周，不得不說真是樸素到很不像女生的房間。電腦桌、書櫃、衣櫃、相機櫃之類的擺設先不管，看半天也沒找到什麼女生喜歡的物品或裝飾品，頂多牆上掛了兩幅大師的攝影作品，就這樣，沒了。

不過連床罩、棉被和睡衣都是白色的小夢，房間沒女人味似乎也不意外。

我搖搖頭，從背包拿出一疊資料，放在她枕邊。

「這是近期收件的攝影比賽，輸了一個，就再挑戰下一個啊。」

「實力差太多……不管投多少次，結果都一樣……」

「那怎麼辦？」

「我要想想，除了攝影外，我還能做什麼。」

「好吧，妳慢慢想。」

「嗯。」

小夢病懨懨地翻過身，把棉被拉高蓋住全身。即便她已經躺掉兩天，總共四十幾個小時，可是她的五官和口氣依舊是滿滿的倦意，宛若累得再也無法往前進，連欺騙我用的自我鼓勵都懶得做。

不過她的枕邊擺著四姊送的撲克牌，似乎還對康復抱有希望。

「我去做點家事，妳願意的話再起床幫我。」

對於我的話，小夢只是淡淡「嗯」了聲。她既然沒反對，我便挽起袖子和褲管，真的開始大掃除。從房間為中心點開始擴散，先用吸塵器吸過一遍，再用拖把抹過一遍，搞定陽臺、客廳、餐廳、小夢房間四個區域的地板，最後用抹布擦拭家具、擺設、櫃子之類的瑣碎物品，花掉我更多時間。

老實講，我不是五姊，沒有不打掃會死的病，只是我問過三姊，要是有人遭受打擊進而失意窩在床，那該怎麼辦呢？

三姊說，心病只能慢慢看開，沒有所謂的特效藥，不過有個舒適清潔的環境，會對病人的心情改善有幫助。

就是這句話，我當起小夢免費的臺傭，即便在自己家，我也沒在一天內做這麼多家事，整理完廁所還去整理廚房。

當我再度坐回小夢床邊，抱滿一大團剛從陽臺收下的衣物，雖然我是運動選手，還是感到手痠。

「陽臺外面都是妳沒收的衣服，我就替妳拿來摺了，說感謝我。」我俏皮地要求。

「——謝謝……不、不對，裡面是不是有內衣!?」

「內衣？」我有些遲疑。

「喔……沒事，媽媽出國前應該是替我收了。」小夢鬆口氣。

「是粉紅色還是白色這件？」我左右手各舉一件。

她立刻掀開棉被，面紅耳赤地一把搶下兩件胸罩並且藏在枕頭下，窘迫地嚷嚷：「變態，你、你怎麼能碰我的貼身衣物！」

我一頭霧水道：「不碰怎麼摺？」

「反正就是不准碰。」

「只能看？」

「也不准看！」

「這我就不懂了，內衣是不准碰不准看。」我從一整團衣物內再次精準地抽出兩條粉紅色和白色的內褲，「所以，內褲是可以的？」

「不、可、以！」小夢大叫著搶下內褲再塞進枕頭。

「這種東西我家隨地可見，大姊常常一下班就脫掉扔在鞋櫃，二姊是拿出來又常常忘記穿，三姊的倒是少見，四姊的和運動背心長得差不多很難分辨，五姊則是整抽屜都是，國中的時候最離譜，一陣子就要買一次。我保守估計，家裡儲藏的內衣超過兩百條。」

「這沒什麼好得意的吧！」

「我不是得意，而是內衣和內褲就是一塊布，我已經看到麻木了。」我聳聳肩。

「騙子。」小夢嗔道：「高、高中的時候，你還會因為看到我的安全褲感到失落，根本就、根本就很想看！」

「錯了，當時我想看的是穿著可愛內褲的妳，才不是可愛內褲本身！」我堅定不移。

「死變態！」小夢一拳搥上我的肩。

喔喔喔喔，有原先七成功力，代表她正在恢復，看起來我努力做家事終於得到回報，不枉我付出幾小時的時間和大部分的體力。

「三姊是對的。」我好振奮。

「……幹麼叫我。」

「弟迪快開門，這好重喔。」

二姊和三姊帶著我準備的第二個祕密武器抵達，我在裡面招呼，讓她們直接進來，而小夢正在翻著那團衣物看是不是有落網之內褲。

「『嗨。』」二姊和三姊同時招呼。

「亞玲和玄玲學姊……好。」小夢確認ＯＫ才尷尬地笑笑。

「我們來吃火鍋吧。」二姊很高興。

「我是聽說有火鍋吃才跟來的。」三姊很坦白。

「在寒冷的冬天就是要一群人窩在暖桌內，用電磁爐煮著熱滾滾的火鍋吃啊。」

我高舉雙手只差沒喊萬歲。

「我就不吃了……」小夢又想躺回去。

「不行。」二姊托起她的下巴，不捨地說：「才多久沒見怎麼瘦成這樣？」

「當減肥……」

「連奶奶都瘦啊，現在只剩下小B了吧！」

「……其實原本也就只有……」

「不吃不行，要開始大吃特吃。」二姊頓時成為火鍋委員會最高司令，「弟迪，還不去洗菜和洗鍋子。」

「現在才下午三點。」我詫異。

「要是小夢的奶奶持續縮水下去，弟迪能負責嗎？」

「報告司令，不能。」

「小夢因此耽擱了一生的幸福，弟迪能負責嗎？」

「報告司令，不能。」

「那弟迪還在跟我囉嗦什麼，還不快去準備。」

「報告司令，是！」

我馬上拖著整袋食材準備前往廚房。

「胸部的情況還沒那麼糟吧……」小夢欲哭無淚。

三姊摸摸她的頭頂，安慰道：「歡迎來到李家作客……咦，這裡是妳家欸。」

小夢噘起脣，委屈地點點頭。

「我要為家人的無禮向妳道歉。」三姊微微前躬，歉然道：「我願意以『家裡蹲專家』的身分，教妳如何長時間待在床上，首先是躺太久屁股會痛的問題……我都是用……」

「不要亂教啊！三姊！」我阻止。

「是弟弟叫我來分享經驗的。」三姊蹙眉。

「我是要妳分享如何面對自我走出房門的經驗。」

「喔，可是我還滿懷念以前鎖在房間內無憂無慮的日子。」

「不准懷念啊！」

「弟弟真霸道……」

「二姊妳看三姊啦。」

「我正在安裝電磁爐。」

「矯正錯誤的歪風比火鍋重要啊。」

「當我中餐沒吃的時候，火鍋甚至比大姊重要。」

「我要告訴大姊。」

「三妹這樣不對，妳不要帶壞小夢，快點過來幫我安裝，不然我就要過去檢查身體了喔。」

「噗哧……」小夢在吵吵鬧鬧的房間內笑了出來。

「「「……」」」我、二姊、三姊表示不解。

「你們家平時都這麼好玩嗎……哈哈哈……」小夢捧腹大笑。

「「「……」」」我們姊弟其實不懂笑點在哪。

小夢願意笑，即便是蒼白的笑也遠遠比之前喪氣的表情好，所以我們姊弟就算很不解，但也跟著笑了幾聲。

我不知道小夢心情好轉的確切原因，不過一定是二姊和三姊的功勞。

說來慚愧，我和小夢當五年多的朋友，只能替她做家事，還要靠姊姊們支援才有辦法博她一笑。對比她過去幫助我的種種，我真的很沒用。

不知道是心情好的關係還是豬肉味噌火鍋太誘人，小夢吃了完整的一碗，比昨日一整天吃進肚子內的還多。

五姊在我們吃到一半的時候到達，哀怨地瞪我幾眼，怪我為什麼不等她。想也知道我一個眼神甩給二姊，把所有責任都推給她，然後五姊只能哀愁地凝視二姊，也不敢怎麼樣。二十二歲的女生，要是再被姊姊當眾身體檢查應該會想去死吧？偉哉，二姊。

有一點值得慶祝，就是小夢終於離開床，願意挪動兩步和我、二姊、三姊、五姊圍在暖桌四周美美吃了一頓，暖到有點太熱，在十七度的寒夜中顯得很奢侈。

吃完火鍋，我和五姊負責收拾善後，吃飽的二姊興致勃勃地拿出理髮器具，說要幫小夢修修頭髮。三姊獨自一人在使用筆記型電腦，似乎是在回應四姊近乎洗版的方式，抗議我們吃她最愛的豬肉味噌鍋。

終於夜深了，我們姊弟厚顏地使用小夢家的浴室，輪番梳洗完畢後上床睡覺。

一個帳篷裡面擠著四個人，在姊姊面前我的地位最低，根本就只分到一個角落，身體必須彎成九十度側睡。看來，明天早上起床，我要去的恐怕不是公誠大學而是急診室。

等姊姊們都睡著，我偷偷爬出帳篷，搜刮她們穿來的外套，獨自睡在相對冷很多的客廳沙發，一百八十公分的身體蓋著四件外套，外套跟外套之間的縫隙會有寒風鑽進來讓我不勝其擾，一時之間睡不著。

我聽見小夢起床開燈的聲音，立刻假裝睡死。

她躡手躡腳走到客廳、走到我身邊，輕聲問：「你睡著了嗎？」

我沒應答。

她再度走回房間，發出打開櫃子的聲響，抱著厚厚的棉被回來沙發邊，小心翼翼地替我蓋上，連腳趾頭都蓋到。

「狂龍，謝謝你……」她說。

小夢，謝謝妳。我在心裡說。

原來這個世界真的有比暖桌加火鍋更令人感到溫暖的事物。

隔天，清晨。

大姊坐在小夢家的沙發扶手，桌上擺著兩大袋早餐。

我剛睡醒，連眼睛都不能完全張開，只能推測是昨晚沒跟到的四妹向大姊打小報告說我們都擠在小夢家，導致大姊在天剛亮沒多久的時候就坐在我的腳邊，一副拿這群弟弟妹妹沒轍的表情。

等我回過神，再推測一次，也只有這種可能。

「大姊……好久不見了。」

「小夢很抱歉，我的弟弟、妹妹一股腦都跑到妳家叨擾，身為家長真的感到很不好意思。」

「不會、不會，他們陪我，我真的很開心。」

「有沒有人在妳家撒野搗亂？」大姊的語氣一寒。

「沒有，他們比我還愛護我家。」小夢急搖頭。

「有沒有人隨便亂動妳的東西？」

「……」一想到那幾件內衣褲，吾命休矣。

「沒有，不過就算亂動也沒關係的。」

我躲在棉被內抹抹冷汗，感激小夢替我掩飾。但就是這微微的動作，和我待在同一張沙發的大姊立刻就知道我醒了，手伸進棉被捏捏我的小腿要我不准再裝睡。

「弟弟，去叫醒所有妹妹。」

「……是的。」

因為大姊在，其餘姊姊不敢太放肆。宛若軍隊一般，一個接一個爬出帳篷，魚貫進入浴室刷牙洗臉，依年紀大小排列拿取早餐，從左到右坐在沙發吃完，過程中乖得不像樣。

「吃完，該上課的去上課，該上班的去上班……妳們昨晚扔下我和金玲在家孤單地吃便當，都沒想過我年紀越大越怕孤單嗎？李家一下子不見四個人，害我整晚都睡不好。」

「「對不起……大姊。」」二姊、三姊、五姊的表情不同，卻說出一樣的話。

「知道錯就好，解散，各自努力去吧。」大姊敕令一發。

她們整理好自己的隨身物品，像小學生跟在路隊長屁股後面一串離開小夢家。

客廳內頓時只剩下三個人，大姊、小夢和我，我竟然忘記要逃？

「呵呵……大姊，那我也去上課了。」

大姊一把揪住我的後領，讓我坐回沙發、她的身旁。

「我聽金玲說過，妳遇到麻煩，是真的嗎？」

李家的一家之主氣勢凜然，小夢也不得不直接承認。

「是我太草莓了，一點挫折都受不了，狂龍和學姊們勸我很多……只要再一點點時間，我就會恢復成原本的徐心夢。」

「不要恢復沒關係。」

「什、什麼？」小夢和我都有相同的疑問。

「我也挫折過，也曾經想放棄一切，游到一個隨便的無人島度過餘生就算了。」

大姊右腳跨在左腳上，一手撐在下巴，認真道：「這是人之常情，妳不用刻意去迴避。」

「……我該怎麼辦？」

「挫折可是相當難得的能量，妳能夠吸收，下一次就會發揮更大的力量，吸收不了就會自爆身亡，極端，效果卻又最好。假如妳能靠挫折得到蛻變，那何必恢復成原本的徐心夢。」

「真的嗎……」

「舊的徐心夢過去就過去了，重點是現在的妳。記住，人生的任何遭遇都是有意義的。」

「我還是很後悔，為什麼當初……」

「選了一條獨特卻坎坷的路？」

「嗯。」

「我就是欣賞妳不讀大學的勇氣啊。」大姊甩動頭髮，淺笑道：「不會後悔的人生豈不是無聊至極？」

「的確……就算是時光倒流，再讓我選一次，我還是會選擇靠手中的相機，直接進入職場。」小夢低下頭。

「對嘛。」大姊如同看著自己的妹妹，欣慰地笑道：「我們公司最近缺一位拍攝建物的攝影師，這個職缺待遇很好，而且相當重要，畢竟我去找客戶談是不可能將整棟大樓、體育館、公園搬過去，只能靠照片和影片呈現，所以攝影師很關鍵。妳可以來試試看，薪水絕對夠讓徐媽媽安心，不會再逼妳去相親的程度……如何？來嗎？」

太好了，大姊願意伸出援手，絕對比我瞎操心有效百萬倍！我不免開始竊喜，不過聽到小夢的回覆，又不知道該笑還是該哭。

「不行……我不行這樣。」小夢抬起頭，似乎少了點原先的迷惘，「我要正正當當地去面試應徵。」

大姊放下腳，慢條斯理地站起來，愛憐地摸摸小夢的髮絲，什麼話都沒說。

「如果是靠大姊走後門，徐心夢就再也不是徐心夢了，我會為此後悔一輩子。」

「兩個月後，本公司會公開招募攝影專才，我等妳。」

看著大姊就這樣走出小夢家，我想阻止，卻又不知道該從何下手。

十來坪的客廳，只剩下我、小夢和桌上兩份冷掉的早餐，比起昨晚熱鬧的場景，此刻變得有幾分落寞。氣氛有點尷尬，我趕緊拿起三明治咬一口，不知所謂地嚼了起來。

「狂龍，為什麼幫我？」

「我只是在妳家玩幾天而已，哪有幫什麼？」

「不要唬弄我。」

「我是真的認為，姊姊們幫妳的，遠遠超過我很多。」將口腔的食物吞進去，我沒咬下一口。

「我想聽你真正的原因。」小夢突然變得很堅持，「不管是多好的朋友，都不可能為對方做到這種程度的。」

「胡說。」

「那你舉例。」

「幾年前，有個男孩在地震過後的山區盲目奔跑，他摔得滿身是傷，而且中二病劇烈發作，不斷拒絕對他伸出援手的少女，可是少女沒生氣，也沒扔下他，就只是說了一句：『就算你在上次地震的時候離開我，也不代表我會在這次地震拋棄你！』接著用英勇、果決、無懼的身影拯救那名白目的男孩。」

「這是多、多久以前的事了，你還記得這麼清楚幹麼……真、真是無聊。」小夢撇過臉去，不願意看我。

「有些畫面，真的想忘都忘不了。」我也不怕她會不會生氣，想說什麼就說什麼，「以上這個例子，證明友情是真的可以為對方付出到妳不敢相信的程度。」

「……謝了。」

「什麼？」其實我聽得很清楚。

「你聽不到就算了，是你的損失。」小夢依然沒看我。

「快吃吧。」我把整袋早餐拿給她，「快點恢復體力，把相機拿出來保養，不然相機會哭泣喔。」

「也才一陣子沒清，小徠堅強得很，不會動不動就哭。」

「那好，妳先跟小徠重溫一下感情，有一件委託需要你們合力。」
「工作？」
「沒錯。」
「……什麼工作？」
「請容我暫時保密。」
「你等等喔。」
小夢放下早餐，走進房間內翻箱倒櫃，兩分鐘後走出來，胸前掛著相機小徠，雙手持半人高的三腳架，一副要將我捅得肚破腸流的狠樣。
「還不快說！捅死你喔！」
「欸，用拳頭就算了，三腳架會砸死人啊。」
「我最討厭被吊胃口了，快說！」
「好好，我們先冷靜下來。」
「我很冷靜了！」
「公誠大學田徑隊透過我，想商請徐心夢攝影老師替我們記錄全大運的參賽過程，以便未來招生之用。」
「……找我？」
「對，就是妳。」

第五條　遇到困難應該乖乖找姊姊哭訴

小夢很堅強。

只是她有的時候需要別人提醒，她有多堅強。

當小夢再度將心愛的小徠掛在胸前，我就知道大功告成，李狂龍任務完成，可以搬著大量家當順利撤退回家。她說這幾天要出門拍照恢復手感和靈感，我說這幾天田徑隊會很忙，於是我們約在全大運當天見面。

和她暫別之際，我看著她展露充滿自信的笑容，不由得感嘆，這樣的小夢才是最棒的。

她不應該為了找不到工作自暴自棄、她不應該為了將來生計而煩惱，更不應該為了母親的期待去找一位自己不喜歡的男生相親。小夢就應該保持著特有的純粹，用相機拍下一張又一張渲染小夢特色的照片，讓世人驚豔她的天分，並且由衷稱讚，賦予她天才之名。

在房間內，我換上運動長褲，五姊坐在床邊低頭扣著襯衫的鈕釦。

「外面冷，妳裡面多穿一件吧。」我說。

五姊說：「小夢也去。」

我和她的話南轅北轍，不過我聽得懂她的意思。

「這次全大運，公誠大學田徑隊很有可能獲得破紀錄的獎牌數，之前都是找學生隨便拍一拍就算了，不過這次校方特別要求教練要花錢找專業攝影師拍，明年招生要用我們體育系當主打。」我穿好褲子，繼續穿襪子。

「原來如此。」五姊脫掉扣一半的襯衫，在黑色的胸罩外再穿上一層發熱衣。

「妳和姊姊們不去也沒關係的，電視有轉播，待在家比較舒服。」

「龍龍……再過一陣子，冷冷的日子就會結束，當熱熱的日子來，我們就要大四了喔。」

「是呀，時間過得好快。」

「那龍龍是還想瞞我和姊姊們多久呢？」五姊撥弄著襯衫的鈕釦。

我停下所有動作，徐徐地說：「我沒瞞妳。」

「明明就沒告訴我。」

「妳早就感覺到了，不是嗎？」

「嗯……」

「其實姊姊們應該或多或少都察覺了，只是因為這幾年對龍龍太放心……導致於……導致於太鬆懈……」

「五姊，我二十一歲欸。」我走到床邊，撫摸她的臉頰，「很多問題，該自己承擔。」

「可是，萬一大姊知道，會不會……」

「大姊最疼我，放心，她不會怎麼樣的。」

「龍龍，把整件事情清清楚楚告訴我，每一個細節我都要知道。」五姊殷切地拉我的衣襬。

「嗯，等全大運結束。」

「現在嘛。」

「這是我大學生涯最後一次參加全大運，我們快快樂樂地參加吧。」

「唔……在逞強、在耍帥、在裝不在乎！」

五姊緊緊抱住我，還是一樣的溫暖柔和，不管是幾歲，她的擁抱都一樣讓我不想離開。尤其是在我面對人生最嚴峻的轉折時，真的相當需要五姊。

我低頭，親在她的額頭。五姊的眼波流動，微微嘟起小嘴，想索求不同等級的吻。

當然在這種時候，大概百分之九十九的機率，會有人撞門進來，已經巧合到我懷疑房間內有針孔攝影機的程度。

「糞蟲弟弟出門了沒？」四姊如期登場。

「現在要出門。」面對五姊嬌豔欲滴的嫩脣，我感到遺憾。

「順便載我和三姊去。」

「妳們不跟大姊一起嗎？」

「大姊和二姊工作都在忙，要晚一點。」

「可是我的機車只能載一個人……」我覺得不太對勁。

「廢話，機車載兩個人是常識欸。」四姊朝我伸出手，食指勾呀勾。

「所以妳要我載妳們去，可是不巧機車位子不夠，我被迫讓位。」

「笨蟲弟弟的智商果然有進步。」

「妳就直接說要徵收我的機車啊！」

「我是這麼驕縱的姊姊嗎？我是遵守交通規則才不得不去除你的座位啊！」四姊此時的模樣，應該拍下來當成政令宣導。

我嘴角抽動地掏出機車鑰匙給她，打算搭公車和捷運。

「大便蟲弟弟真是識相。」四姊掠奪我的交通工具，嘻笑道：「本人都親臨現場為你加油，無論如何都要金牌，再膽敢拿個銅牌敷衍我，你就等著被我咬死。」

「……是的，四姊。」

「弟弟，加油。」三姊從門外探進頭來，又害羞又期待地說：「大姊還規定要穿同款式的啦啦隊服去替你加油……雖然很丟人，但如果能贏就太好了。」

「三姊！大姊說是驚喜欸，妳怎麼先講出來。」四姊著急。

「啊……是嗎，對不起……」三姊雙手掩嘴。

我回頭看向五姊，只見她對我苦笑，代表事情真的大條了。

「笨蛋三姊別再透露更多驚喜了。」四姊半抱半拖地將滿臉歉意的三姊帶走，「要是放妳在這，連大姊現在正準備金牌慶祝派對的事都會被妳講出來……真是，明明平時就很靈光的人，怎麼嘴巴很笨。」

「……」我的臉部肌肉在抽搐。

「大姊明明就交代過，不能在賽前增加弟弟的壓力，結果三姊還差點把最祕密的禮物公開給弟弟知道……」已經到客廳的四姊還在說：「要是大姊知道，妳一定會被揍的。」

如果大姊會因為這種事情揍人，那第一個被揍死的就是妳啊！四姊！

等到三姊和四姊帶著我的機車鑰匙出門，我才失魂落魄地坐在五姊身邊。

「龍龍，怎麼辦……」

「妳趕緊替我打電話去阻止大姊。」

「不要，我不敢嘛。」

「可惡，虧我們姊弟一場，妳竟然背棄我！」

五姊慌張地說：「大姊正在興頭上，誰敢打斷，況且，還不是龍龍隱瞞的關係，才一發不可收拾。」

「對，是我的錯。」我側過頭凝視五姊。

「那龍龍要自己打電話。」

「我不敢……」

「不敢也得敢。」

「五姊，拜託拜託嘛～」我雙手合十，雙眼泛光。

「不准撒嬌，不准學我！」五姊顯然快崩潰，像條蟲爬進棉被內躲藏，不願意多瞧我一眼。

看起來，我用賣萌這種爛招只有反效果。

沒辦法了，當一顆雪球滾下來，平凡人只能注視其越滾越大，何況眼前還有個全大運等著我，實在無暇分心去解釋，反正船到橋頭自然直，我應該不用太擔心……吧？

全國大學運動會，簡稱全大運，已經有六十幾年的歷史，比賽項目有十四大

項，會頒出超過一千面獎牌，為期十二天，是大學之間最重要的體育競技比賽，每一年都會舉辦。事關名聲和經費，所以各校都會派出最強的參賽者來奪取獎牌，而參賽者為了本身前途和曝光度，絕對是全力以赴勢在必得。

畢竟在全大運拿牌，在未來很有可能進入奧運代表隊，獲得世界最高殿堂的參賽門票。

「所以我們公誠田徑隊一整年的準備，就是準備在此大放光彩。」

我對身邊的小夢說，小夢雙手拿著相機不停拍攝。

可以容納四萬名觀眾的體育場，我們站在跑道邊，看大會開始準備田徑類比賽，等等撐竿跳先開始，負責參賽的學妹和學弟已經加緊熱身，有幾位小大一沒見過這種場面，躲在我和小夢背後彷彿怕被觀眾發現。

「幾間大學參賽？有多少選手？」小夢撥撥胸前的工作人員通行證，震撼地問。

「超過一百五十間，一萬多位選手。」我淡淡道。

「這麼激烈？」

「唔……」我們身後的學弟在哀號。

我沒理會這種懦夫的行為，繼續說：「上次我們總牌數全國第五，輸給第一的北市立體大四十七面。」

「那這次會贏嗎？」

「至少要進前三。」

「唔……」混帳學弟再度哀號。

我轉過身踹他兩腳，算是替他熱身。

小夢也轉過來連拍好幾張。身為隨隊攝影師，沒空陪我聊太久，又獨自一人到處去拍照，試圖記錄下隊上每一位參賽者的面容，以及現場充滿噪音、熱氣、汗臭、混亂中帶有秩序的氛圍。我沒管她，依然站在場邊等待。

在操場內，跳高架已經設置完成，大會宣布男子撐竿跳項目開始。小夢又回到我身邊，替剛被我踢過的學弟拍照；他準備上場，但一張臉嚇得沒啥血色。

「隨便跳一跳吧，我們公誠還沒有鳥到要靠大一搶牌，別太看重自己啊。」我輕蔑地笑。

結果這位學弟拿到第四名，雖然沒得獎，不過比預期的成績好很多，果然又是個M，需要被羞辱才會強。小夢則是用手肘偷撞我，一副不知道該怪我還是稱讚我的表情。

學弟歡喜地跑去和隊友抱在一塊，結果被教練拿釘鞋打頭，可謂是樂極生悲。

在我左手邊的小夢突然說：「狂龍，我還是想再說聲謝謝。」

「又謝？」我失笑。

「這幾天我想了很多，決定不再參加攝影比賽。想要像這樣，從一場又一場的活動累積經驗和技術。」

「因為這種事就謝我，那我等等要送妳的真正大禮該怎麼辦？」我高深莫測地挑眉。

「喔喔，我去拿個三腳架過來。」小夢倒是很坦白。

「咳咳，前幾天，我去問三姊……嗯，妳先別懷疑為什麼要去問三姊，反正是我的習慣。」我頓了頓，繼續說：「我問她，『怎麼樣的照片才是好照片？是不是該從光影或取景下手？』她連想都沒想，直接告訴我答案。」

「玄玲學姊有接觸這塊？」小夢還是懷疑。

「沒有，她討厭照相，唯一的相機就是手機。但這都不重要，重點是她的答案能不能幫助妳。」

「那快點說。」

「她說『能藏著一段故事的照片就是好照片』，坦白講很玄，我也是慢慢才想通的。」

「藏著，一段故事……」

「姑且不論三姊說的是對是錯，不過我想請妳拍下一段故事。」

我舉起手，指向五公尺外正在拉筋的芷寧。

「是她？」

「妳一邊拍，聽我一邊講，有的內容妳之前聽過也無妨，當做複習吧。」

好久沒講故事，我清清喉嚨。在嘈雜的運動場中，安排著選手出場，有一句沒一句地說；小夢的快門也沒歇息，用她獨特的角度，持續拍攝當下的獨特光景。

芷寧上場前，還跑過來要我摸摸她的頭，進行古怪的上場儀式。我不會在關鍵時刻去反駁她的迷信，總之我是摸了，並且告訴她對手很強，不過妳一定要贏。

她扭著腰，下拉運動短褲，遮住有點露出的屁股微笑線，對我比著充滿自信的讚。這一秒鐘，芷寧還真的有一丁丁像小夢，即便我說不出像在哪裡。

女子撐竿跳的比賽終於開始，我和小夢退到外圍跑道，一個看得很清楚、卻不會打擾比賽進行的距離，穿著紅白色體育服的芷寧排在最後一位，正在上下輕輕跳動，蘊含專屬於她的能量。

小夢凝重地問：「芷寧會贏嗎？」

「芷寧在這場比賽的目標是挑戰自己。」我指向跳高架旁顯示高度的螢幕，「她在高中的紀錄是三點七五公尺，進到公誠大學訓練一年應該能破三點九公尺。」

「光這樣就知道她能贏？」

「嗯，因為去年全大運女子撐竿跳的金牌，也只不過是三點七五公尺而已，教練說她是怪物，不去讀北市立體大而跑來公誠……本身就很離奇。」

「還不是因為你。」小夢嘀咕兼吐槽。

「對，我用半條命換的。」我忍俊不禁。

「有毛病欸你。」小夢竊笑道：「你還沒說完芷寧的故事，剛剛說到她捅你一刀，再來呢？」

「再來，要等等。」我提醒場上的情況，「從現在開始我不打擾妳，請務必要記錄下最重要的一幕。」

小夢凜然，提起相機，專注地拍攝，四處遊走。我的注意力已經不能放在她身上，眼下還有更重要的事。

要換芷寧上場了。雖然我剛剛說得輕鬆，不過過去跳出的成績也未必能複製到此刻。畢竟場上的干擾因素太多，可能被情緒、觀眾、教練、裁判、隊友……甚至是一陣風影響，我能說她有九成機率跳過三點九公尺拿到金牌，卻不敢說百分之百。

我蹲在跑道上雙手緊握，隔著二十公尺左右的距離眺望芷寧的身影，希望宇宙主宰給這位少女一點運氣。

「在全大運得獎，才是妳故事中最棒的逗點啊……」我低語。

芷寧握竿，雙眸裡似乎有什麼奇特的光彩。

她持竿前衝，毫不猶豫。

助跑過第二標誌再過第三標誌。

插竿，無懈可擊的角度。

撐竿彎曲到極限，反彈。

飛起來了，像鳥又像人。芷寧引體、轉體，扭過橫桿，似乎微微擦到。

她背部著地後，雙眸內的光彩暗去，跟我一樣都在祈禱。

宇宙主宰在一秒後給出回應。

橫桿沒掉，觀眾席爆出熱烈的掌聲，鎂光燈彷彿煙火般閃耀。

教練像瘋了一樣，邊罵髒話邊跳邊跑，所有隊友都想衝向跳高架，卻被大會人員擋住。我反而冷靜下來，已經預定金牌當然值得鼓勵，不過三點九公尺的紀錄又不是第一天知道，芷寧只不過是正常發揮，大家的反應未免太過度。

回過神，我發現自己不知不覺雙腳跪地，正尷尬怕被別人發現之際，天空中響起大會的廣播。

「大會報告，女子撐竿跳高項目，公誠大學代表選手王芷寧以『四公尺』的成績打破大會紀錄……再重複一次……」

我猛然甩過頭，看向跳高架旁的螢幕，上面真的用阿拉伯數字顯示，四點零。

小夢大概也是被狂喜的氣氛感染，朝我衝過來又跳又笑，瘋狂打我的頭，樂道：「破紀錄耶，太厲害了吧！」

我敬佩，卻苦笑起來，「芷寧真的太誇張了，在真正的天才前，所有人都變得好平庸。」

「欸，快說完她的故事，快快快。」

「芷寧的故事很簡單，貧民窟、街頭、少年觀護所、學校、田徑場、頒獎臺……未來的亞運或奧運都是她故事的延伸，是不是比小說還精采？」

「仔細想想，還真不可思議……」

「妳現在可是身歷其境最精采的部分。」

「我的運氣真好。」

「我也是。」站起來，拍拍膝蓋的灰，我突然覺得，就算被芷寧再捅一刀也值得。

撐竿跳的項目毫無懸念地結束，快速頒完獎牌。大會要整理場地，我和小夢退出去，回到公誠田徑隊的集合點。小夢繼續拍照，我則是在聽教練交代事項，等等就是男子一百公尺、八百公尺、一萬公尺的比賽。

聽到一半，我的心臟一突，動物本能般感受到什麼危險在接近。

教練也機敏地往後跳一大步。

附近的學弟妹開始大笑。

「學長~~~」背後傳來由遠而近的呼聲。

我轉過身。

看著芷寧以跑百米的速度朝我衝來，然後雙腳跳起，騰空撲在我身上。

「我贏了，你有看到嗎？有嗎？」

「有有有，妳先、先下來……」

「快點稱讚我，我要學長稱讚我！」

「芷寧最棒了。」

「晚點帶我跟香玲主人一起去約會，一起過夜……可以嗎？」她已經得意忘形。

我正色道：「不可以。」

被我拋下的芷寧，刻意晃動胸前的金牌，嗚咽道：「我真的好想主人喔……」

剛剛逃得很遠的教練又重新走到我身邊，拍拍我的肩，大聲說：「狂龍，今晚給老子好好取悅我們公誠的驕傲，聽見沒有？」

「……」我木然不語。

教練換一個口氣，在我耳邊道：「我年紀大了，實在沒體力帶隊出去玩，就算老子拜託你行了嗎，所有花費可以報公帳喔。」

我想了一會，無奈地點頭。姑且不論能狠狠宰公帳一回，光是看在這三年教練對我的照顧，我就應該為他完成最後一件任務，算是報恩吧。

「等等比賽結束，體育場外的七號公車站牌旁集合。」我放聲大喊。

「「「「喔喔喔喔喔……謝謝學長。」」」」附近學弟們大吼。

「等等一百公尺，給我好好跑啊。」

「「一定會贏！」」

「這不公平，那我的專屬獎勵呢？」芷寧不屈不饒。

「好啦，會讓妳跟主人見面。」我望向觀眾席，神情複雜到五官快扭成一團。

比賽一直在進行，兩位參加一百公尺的學弟，分別拿到第三和第六，算是及格的成績，後來的八百公尺卻全面潰敗被教練罵到臭頭。比賽就是幾家歡樂幾家愁，我們公誠哭，自然有其他學校慶祝。

再來就是男子一萬公尺的比賽，我換一套衣服，緊張地爬上樓梯。

小夢給我一個鼓勵的眼神，我強顏歡笑。

當裁判鳴槍，所有選手衝出起跑線。

我卻站在第二層的觀眾席，五個啦啦隊……喔不，是五個姊姊面前。

大姊坐在中央，難得綁了雙馬尾，露出整個腰和八成的腿，手上抓著彩球。

二姊和三姊的啦啦隊制服還有點低胸，她們分寫舉著「狂龍最強」、「李家必勝」的牌子。

四姊和五姊的制服顯然尺寸不對，一個太鬆、一個太緊，她們還在搖著縫有一個大大「龍」字的錦旗。

我們姊弟六人相顧無語，原本因為角度的問題，我在場中看不到她們，而現在親眼見到她的苦心準備，真的有想直接從觀眾席跳下去的衝動。

「對、不、起！大姊！」我先跪再說，沒想到今天跪兩次，比去年還多。

「不對，龍龍的腿只是尚未康復，所以錯過這一屆比賽，因為面子問題才不敢跟姊姊們講，不是刻意隱瞞的。」五姊率先跳出來為我說情。

「不是說……能趕在這屆全大運出賽嗎？」大姊的表情無任何變化，緩緩拆下維持右邊馬尾的髮圈，「為什麼扭傷要休養幾個月呢？平常看你很正常呀。」

「我說謊了，大姊。」我不想再瞞。

「起來吧。雖然不能看到弟弟出賽很失望，但也不至於到當場下跪的程度，別讓附近的人看我們家笑話。」大姊再拆下另一邊的髮圈，恢復成飄逸的長髮。

「……」我沒動。

「妹妹們，東西收一收吧，沒弟弟的比賽沒意思。」大姊起身，難掩失望地說：「慶功宴的餐廳都訂了，不吃白不吃，叫上朋友一起去吧，弟弟。」

「我的腿再也跑不了一萬公尺了。」藏了太久，我終於坦白。

「咦？」五姊詫異。

「……」四姊停下動作。

「……」三姊手中的牌摔落。

「為什麼？」二姊倏地站起。

「是哪個庸醫在胡扯，怎麼可能永遠跑不了。」大姊反而坐下，雙手環胸。

「經過復健是能恢復到一般人的程度，跑跑跳跳都沒問題，只不過要達到競速選手的水平，醫生說不可能，而且再過度奔跑，我的腿也會再受傷。」我根本就不敢看姊姊們，連唯一專長都失去的弟弟，已經失去讓她們驕傲的能力。

「為什麼這麼嚴重的事到現在才說……不，不對，要先去大醫院檢查，弟弟看的庸醫根本不準。」大姊的語氣有些急促。

「我不能跑的事，還有教練也知道。他推薦給我三、四位運動傷害的專業醫生都是一樣的診斷，我的右腿不能再參加競賽了。」

「那就找四、五位，七、八位，十位、二十位啊，隨隨便便就放棄夢想，你不後悔嗎？」語調下沉的大姊代表生氣。

「躲在棉被內偷哭的那種後悔。」

「拖了幾個月不講，說不定都錯過黃金治療時期，你還有時間哭？」

「不講是因為……怕、怕妳們……」我勉為其難，幾乎是連臉皮都不要，「會覺得我很沒用，認為我是……廢物或是垃圾之類的東西。」

「龍龍才不是廢物或垃圾！」五姊嚷嚷。

「你只要敢，對，只要膽敢再講一次類似這種話讓我聽到，我不管這個體育場內有多少人，一定揍你。」大姊森然道。

「好……我不說。」

我偷偷抬頭，大姊是氣得不輕，還要靠二姊不停地撫胸消氣。三姊和四姊依舊處於難以置信的狀態，五姊很焦慮大概是怕我被打。

二姊用眼神示意我到旁邊坐好，我馬上爬起來，實在是怕附近零散的觀眾注意我們已經超過注意賽場。家醜不可外揚，這是大姊的教誨之一。

「所以現在弟弟是打算繼續後悔、繼續沉淪嗎？」大姊狠狠地捏我耳朵。

我的頭被拉歪一邊，老實道：「經過這幾個月的自我反省和療傷，我已經看開了。」

「弟弟一定會跟電視上演的一樣，一輩子鬱鬱不得志，開始學壞對不對？」

「不會的。」

「怎麼可能不會，一個人失去目標，一定、一定會走偏的，跑步陪了你幾年，一下子失去，心態怎麼調適得過來？」

「嗯……還好欸。」

「怎麼可能還好，這麼大的困難，弟弟一個人根本面對不了。」

「剛剛見證了奇蹟，我在田徑方面真的沒什麼需要後悔。」我真的很老實。

「弟弟還在逞強！」大姊越說越急，轉頭交代二姊，「亞玲，等等除了掛復健科以外，心理醫生也要順便看，懂嗎？」

「是的，大姊。」二姊拿出手機查詢，顯然也不信我說的話。

「好，我坦承，我不是平白無故看開的。」我抓抓頭，在腦中挑選適當的辭彙，「一個很奇妙的念頭，讓我覺得幫助了芷寧和小夢，也順便幫了我自己。」

「弟弟已經開始瘋言瘋語了，直接叫救護車！不，我們帶他去醫院比較……」大姊甩開髮絲，話說到一半，被我握住手後中斷。

「我的田徑生涯會有芷寧替我延續。另外，將來要做什麼我差不多想好了。」千萬別叫救護車啊！在我冷靜的外表下其實快哭了，因為太正常所以被送到醫院真的太不正常。

「你才幾歲，是能想好什麼？」大姊試圖掙脫，但我握得很緊。

「我要轉讀教育學系，以後想成為導正走歪小孩的帥氣老師。」我信誓旦旦，一點都沒有遲疑。

「弟弟，你現在是處於自暴自棄打算隨口搪塞我的狀態，別以為我會輕易上當……尤其是發生這種挫折，弟弟不可能輕描淡寫裝作沒事的。」

「大姊，我今年二十一歲，遇到挫折，爬得起來。」

「不對……這不像弟弟……」

「大姊，我今年二十一歲！」我重複這句大概說過一千遍的話，現在，我要姊姊們相信。

「弟弟就是弟弟，不管幾歲，都是……弟弟。」

「李狂龍永遠是妳弟弟，但李狂龍已經不是黏在姊姊屁股後面的那種弟弟了。」這大概是有史以來，我對大姊說過最不客氣的話。

大姊重重哼了一聲，用怪力硬是甩開我的手，頭也不回地走掉，其他姊姊追上去紛紛替我說話。我雙手握拳，開始後悔剛剛說出口的話，畢竟長姊如母，我應該用更婉轉的方式表達……

我垂頭喪氣，雖然早預料會有和姊姊們講清楚的一天，卻沒想到會變成這樣。

大姊沿著圓弧的觀眾席走道，一直快步抵達樓梯處忽然停下腳步，之後又回過頭朝我走過來，到一半再度凝滯，離十來公尺左右的距離瞪我。不過沒瞪幾秒，她第三次甩過頭，揚起如波的長髮，往樓梯走去。

二姊、三姊、四姊、五姊快被大姊晃暈了，面面相覷搞不懂是怎麼回事。不說她們，就連我都不懂為什麼大姊要來來回回，此刻，她又在下樓梯前止步，第四次回頭，朝我慢慢走過來。

我和大姊終於只剩下兩公尺不到的距離。

「對不起，大姊，剛剛是我的態度……太差了。」二十一年身為弟弟的經驗告訴我，除了道歉別說第二句話。

「弟弟就是弟弟，遇到困難應該乖乖找姊姊哭訴！」大姊使勁對我喊。

「「「「……」」」」我與其他姊姊。

「別在不知不覺間，長這麼快啊……」

大姊哭了。

我慘了。

據我所知，大姊身為一家之主是幾乎不哭的。

上一回哭，已經是好幾年前、我重傷剛醒的時候；而且只有我知道，她還威脅我絕對不准說出去。所以其他姊姊恐怕都沒見過大姊哭的模樣，更何況是眾目睽睽的無聲啜泣。

在她們心中至高無上的大姊會哭，根本超乎想像，在驚愕中護送著大姊到車上，全大運就在我不知道該怎麼定義的詭異情況下落幕。我特地回家一趟，二姊、三姊、四姊都在大姊房內，只有五姊在房外，無奈地說大姊不見我。

我摸摸鼻子，乖乖騎車回去帶整票田徑隊去慶功。小夢也在，她關心地問我，但我支支吾吾帶過。大家都玩得很瘋、喝得很猛，只有我整晚提心吊膽，連笑都不

敢多笑，等到教練第一個醉倒，我就用護送教練回家的名義離開，接著隨便叫一臺計程車送他回家，自己趕快騎車回去負荊請罪。

可是時間依然太晚，我偷偷摸摸用鑰匙開門，發現姊姊們各自回房，是不是睡著我不知道，不過看起來還算沒事。

怕發出聲響，連澡都不敢洗，我幾乎是在客廳沙發半睡半醒之間度過整晚。

次日早上，大姊究竟是何時站在我面前的，我也不清楚……

「弟弟起床，快去洗一洗，準備跟我出門。」她正常到讓我差點以為全大運發生的意外只是惡夢。

驚醒的我迷惘看向坐在沙發另一端的二姊，她臉色蒼白沒任何表示。

「看亞玲幹麼，今天就我們姊弟三人，去看預約好的五位醫生，最遠的在屏東喔……」大姊自然地說話。

未免太不自然了，我試探地問：「昨、昨天的……事？」

「什麼事？」

「就是妳……哭……」

我話還沒說完，無邊的壓力讓我整個起雞皮疙瘩，原本在裡面準備早餐的五姊和三姊都不敢發出任何聲音。

「哭？誰哭？」二姊答腔。

「……」我呆若木雞。

四姊從餐廳走到客廳，不滿地罵道：「腦殘蟲弟弟又在作白日夢。」

「明明就有，昨天在觀眾席……」我正打算提醒。

「咳咳。」二姊用咳嗽打斷，輕聲道：「弟迪還不聽話，快去洗澡刷牙啊。」

「問題是，在全大運……」

「爛蟲弟弟又在妄想，大姊才沒有哭，她只是眼睛裡有沙，所以淚腺自動分泌……」這時，大姊斜眼一瞪四姊，殺氣在瞬間膨脹收縮，四姊立刻哭著進去找妹妹秀秀，「嗚嗚嗚，好可怕……對不起，大姊對不起……」

「所以過去種種，譬如昨日死，弟迪要『立即』忘記唷。」二姊怪聲怪調。

我懂了。

我終於懂了。

這是集體強制記憶刪除啊！

靠，根本比MIB星際戰警威爾史密斯拿的記憶消除器還神威啊啊啊！

「昨天，有發生什麼事嗎？」大姊冷冷問，散發出的殺氣將我刺出好幾個無形的洞。

「沒、沒事啊……」我擦擦額頭的汗。

「怎麼會沒事，失去人生目標的弟弟明明就在體育場的觀眾席上尋求我的幫忙。

身為大姊雖然對弟弟的隱瞞失望，不過天生的使命感作祟，依然無法扔下弟弟不管，毅然決然伸出援手幫忙。」大姊宛若背誦般說出一大串。

「……其實，我已經找到將來想、想……」我說到一半，二姊對我擠眉弄眼，整張俏臉快要抽筋，「等等，我必須好好回憶一下。」

現在已經不是記憶刪除而已，是要搞記憶修正啊！

「弟弟想好了嗎？」大姊的話鋒變得更銳利。

「想、想好了，是我失去人生目標尋求大姊的幫忙，謝謝大姊願意幫助我。」

「嗯嗯嗯，我是你的大姊嘛。」

大姊走過來，欣慰地用手指梳我的頭髮，二姊癱軟在沙發，一副餘悸猶存的模樣，五姊也慘澹地在餐廳呼喚我們去吃早餐。我乖乖到餐廳去，發現三姊、四姊已經並排坐正，看她們黯然的神情恐怕是沒逃過強制修正記憶的魔爪。

不過，雖然荒謬，大姊當眾落淚事件能得到妥善的處理也算是不幸中的大幸。

即便我試著想告訴她，哭就哭啊，在自己弟弟妹妹面前表現出脆弱的一面又沒關係，家人不就是為此而生的嗎？

可是大姊將其歸為黑歷史，我不會沒事去找死。

等我洗好澡再吃完早餐，就和大姊與二姊出門了，由我開車依二姊提供的地址和指示，展開一趟長達三天兩夜的求醫之旅。

拜訪人家介紹的名醫，嘗試中醫、西醫，做了數十次的檢查。我認得出來的就只有核磁共振、電腦斷層掃描和X光拍攝，其餘我連看都沒看過的怪檢查超多，幾乎把醫院當成飯店，浪費不少醫療資源。

經過醫生的專業判斷，得到的診斷幾乎一樣。

認真復健，是能恢復到一般人的正常水平；不過要再回到高張力的賽場，腿傷會反覆復發。

簡而言之，我現在是一般人，已經不是長跑選手了。

大姊的失落顯而易見，二姊失望地抱住我。結果還是我負責安慰兩位姊姊，一而再、再而三描繪我最新的人生道路，轉讀教育學系成為一名輔導老師，專門和問題學生打交道，帶著他們重歸正軌。

在我們北上大約是路過桃園的時候，原本睡著的大姊替身邊還在睡的二姊蓋好外套，輕聲問我一個問題，彷彿是要做最後的確認。

「付出幾年的努力和心血，卻不能比賽了，弟弟會後悔嗎？」

我雙手緊握方向盤，穩穩駛在高速公路，面對這個問題，我大概猶豫了三秒鐘。

「會後悔，但是沒跑過，一定更後悔。」

我在小夢家。

她比較關心我的腿傷。

我比較關心她的照片。

我們一同坐在客廳的矮桌。

「真的確定持續復健就能恢復到正常人的跑跳自如嗎？」

「嗯啊，我不是之前就偷偷告訴妳了。」

「當時我正低落，會懷疑你是故意要轉移我的注意力呀。」

「我沒那麼無聊。」

小夢用遙控器切換著電影頻道，我小心翼翼地收好兩杯外帶的星巴克咖啡，就怕不小心濺到珍貴的照片。生涯最後一次全大運，每個畫面對我而言都值得珍惜，況且還是小夢拍的。

「那田徑隊怎麼辦？」她關掉電視，問我。

「教練要我待到這學期結束。」

「真的退出，會捨不得吧？」

「不會欸，大家還是在同一所大學內，時常會碰到。」

「喔。」

「所以洗出來展示用的照片一共一百五十張，數位檔燒在光碟內一共七百二十張？」

「對，我已經初步篩選過，其餘的看你們的用途自己選擇。」

「真棒……這張好看、這張也很不錯。」我只差沒拿放大鏡出來細看，但不管是構圖或是光影都讓我這種外行感到厲害。

「別再吹捧我了。」小夢踢我一腳。

「喔喔喔喔，這張美啊，妳居然捕捉得到芷寧撐竿恰好飛到最高點的瞬間，日光像是灑在她身上一樣，有如金色的彩帶，似乎上帝要接她進天堂一般……看了百來張，絕對是最好的一幕。」我讚嘆。

「最好的才不是這張……」她幽幽地說。

「那是哪張？」

「不告訴你。」

「欸，我們公誠大學田徑隊可是花錢買下的。」

「啦啦啦～」小夢對我扮一個鬼臉。

「我要教妳，什麼叫做出錢的是大爺。」我拿出手機，點了幾下，找到我想要的網頁，平攤在她眼前。

「走、走開！我不要看，我不要！」小夢邊尖叫邊爬到遠處，「用黑老鼠的照片犯規，你好卑劣！」

沒錯，前陣子我和她去吃路邊攤，結果一隻水溝內的黑老鼠爬出來逛街，小夢不管附近有多少人，直接跳到我身上大叫。此後，我終於掌握她唯一的弱點，就是老鼠，而且要又黑又髒的那種。

「妳以為這是照片？」我邪笑著一點手機螢幕，「錯，是影片。」

「李狂龍，我警告你，要是敢過來讓我看見……走開，快點走開！好噁心！不要過來拜託……拜託不要過來！不要！」小夢又驚又怕，整個人跳到電視櫃上。

「妳喊破喉嚨也沒人救妳，嘿嘿嘿。」這就是欺負小夢的滋味嗎？好難以言喻的感覺，應該多欺負幾下以便深刻體會。

「媽媽……有人欺負我……有變態用黑老鼠嚇我……」

「還好妳媽在國外呀，嘿嘿嘿。」

「嗚嗚……那我怎麼辦……黑老鼠真的好噁心喔……」

「乖乖聽我的話啊，嘿嘿。」

「對了，還好我有大姊的手機號碼。」小夢從口袋掏出手機，一改上一秒弱女子的樣貌。

「……等、等等。」我趕快收起手機，「我是開玩笑而已，呵呵。」

「喂，是大姊嗎，抱歉在妳工作時打擾，因為李狂龍登堂入室，在我家用很可怕、很可怕的東西一直欺負我。」

「誤會……這都是誤會一場，小夢讓我們好好談談。」

「嗯，好，嗯嗯，我會轉告他……是的，我等大姊過來，沒問題，我不會讓他跑掉的。」

「對不起，是我錯了……請放過我一馬。」

「十五分鐘後到嗎？好，我知道了。」

「……那我有事，就、就先閃了，拜拜，不用送我。」

這下子換我連滾帶爬，趕快拿好照片跟光碟落荒而逃。難得能欺負一次小夢，卻被她用大姊之威徹底反擊。最後的結局是當晚回家，被大姊臭罵一頓，說要把我硬生生塞進水溝內當老鼠，看還我敢不敢隨便嚇女生。

好吧，小夢待我不義，我不能待她不仁。

隔天，我把所有相片拿去洗，整套交給教練，自己私心多洗一張留下。

小夢雖然嘴巴上說不再參加攝影比賽，但我還是相信三姊說的話，有故事的照片就是好照片。所以我從網路上印下報名表，靠手中的「芷寧升天照」，決定參加「北部風華攝影大賽」，主題是「光榮時刻」，根本不謀而合。

我冒充小夢的身分，開始填寫報名表，還好小夢的基本資料我大概都知道，寫起來沒半點阻礙，倒是在作品名稱和介紹那邊讓我有幾分猶豫。

思量片刻，我在作品名稱處寫下「羽化」兩個字，介紹就簡單地寫「這是一段從黑暗到光明的真實故事，發生於三月十四日的全大運」，再附上合乎格式的照片與數位檔，最後冒充小夢的簽名，統統放進牛皮紙袋內寄出去，心中默默向宇宙主宰祈禱。

「適當的鼓勵很重要啊，請大發慈悲，給小夢上臺領獎的機會吧。」

芷寧常常在我家出沒，卻又怕惹大姊生氣，所以都躲到我的房間內，而且我還不能多管。

為什麼呢？

因為她以五姊朋友的身分，獲邀進入我的房間。基於相互尊重的立場，我不好抗議，畢竟我也帶雲逸進來過，平分房間的使用權是我和五姊在很久很久以前就約定好的協議，當然被熊貓占據的怪異情景已經是後話。

總是要替自己戴上狗鍊，綁在我床腳的芷寧對正在打電動的我說：「學長，前陣子，你不是拿我的照片去參加比賽嗎？」

「是喔。」

「現在都快要夏天了，有消息嗎？」

「……妳不說我都忘記去查，等我這場打完吧。」

「好，汪汪汪。」

「妳能不能敬業點，不要一下當人、一下當狗。」

芷寧的詭異癖好越來越嚴重，堂堂一個全大運金牌、公誠之光、亞運儲備選手、未來的體育明星，居然在我家當狗。我已經無數次阻止她，但過一陣子又故態復萌，我真的很怕教練看到這幕會活活氣死。

「唉唷，我們只是在玩狗狗與主人的遊戲嘛。」五姊用餐盤端三份蛋糕進來。

「五姊，她絕對不是在玩一般的遊戲。」

「不然呢？」

「……算了，妳太純潔。」

見我不說，五姊嘛嘛嘴，走到床邊和芷寧一起吃下午餐點。

「汪汪、汪汪，我這條卑賤的狗，居然吃得滿身都是……主人會懲罰我嗎？」用狗啃的姿勢，讓奶油到處沾，芷寧媚聲道。

五姊雙手扠腰，極配合地板著臉，腳跺地，嗔道：「壞狗狗！」

我整張臉在抽搐。

「請主人打我的屁股……狠狠地打……」

「嘿。」

「太、太小力……請用最狠最狠的力道，把我的屁股打得紅通通……」

「我不敢嘛。」

「那我脫掉褲子，讓主人直接打……」

「妳們馬上給我停止啊啊啊啊啊啊啊！」

我甩開滑鼠站起來，不管我的咒師正在被無數的魔豬衝撞，也要阻止五姊誤入歧途。尤其芷寧已經翹起屁股，拉下短褲露出半個精實又光滑的左臀。

五姊拉起棉被遮住，喊道：「龍龍不可以看！」

「是妳不可以打！」

「只是玩遊戲而已。」

「不准玩這種遊戲！」

芷寧穿好褲子，羞怯地說：「你們不要為我吵架。」

「……」我和五姊同時翻白眼。

「畢竟我們三人……早就是，很、很不一般的關係了。」芷寧雙手遮臉，從指縫中偷看五姊，「像我跟主人已經建立起一段生死相隨的關係於疼痛、慾望、愛戀之上。」

「妳們就是學姊和學妹的關係！」我指正。

「我和學長，就更害羞了……」

「我跟妳就是學長和學妹的關係啊！」

「人家都『進入』過學長的體內欸。」

「妳拿刀捅我的事，還敢講喔。」

「好吧，那至少還有交換體液過的關係……」芷寧是真的羞到不敢看我。

如此曖昧的表情讓五姊氣道：「什麼時候……給我講清楚！」

「一定是上回我被她刺一刀，流得滿地都是血……」

「不對，我可是吃過學長的口水……學長也吃過我的……唉唷，好丟人喔。」

我腦袋一片空白，是什麼時候吃過對方的口水？這怎麼可能？太不可思議了，我毫無印象。原本氣惱的五姊整個人變得緩慢，像是被按下慢動作，慢慢地抱起熊貓吉走到房間外。

芷寧大概知道自己闖禍，收拾好東西就給我回家去了，留下一整團爛攤子給我。

「等等，我想起來，對對對對，有一次寒流，我們喝錯飲料。對，只是喝錯飲料而已……五姊啊！」我追出房外。

發現整個家空蕩蕩，奇怪，今天是假日，所有姊姊原本都在家，怎麼突然統統消失。

我再衝去大姊的房間，一打開門，就知大事不妙。

大姊盤腿坐在自己的床中央，五姊依在她的臂邊眼眶紅紅，四姊跪在她身後正在按摩肩膀，二姊坐在梳妝臺前，蹺起二郎腿，三姊靠在牆邊，緊鎖雙眉。就算她們的動作和姿勢都不一樣，不過臉上的怒容都相同。

「拜託，我也才耽擱十秒鐘而已……妳們就已經集結完畢，難、難不成是？」我忽然想起一件久違的活動。

「沒錯，現在是，弟弟批鬥大會！」

四姊有如活動司儀，當眾宣布這殘忍的消息。明明冬天就已經過了，卻讓我產生凜冬將至的錯覺，渾身發冷，像站在絕境長城的七百英尺高牆上，等著被推落致死。

「只是誤會，我不過是喝錯飲料而已。」我連忙揮手。

「將外面的女人帶到五妹的床鋪玩，還敢說是誤會！」真不愧是四姊，這刀補得真準。

「芷寧不是我帶進來……等一下，我看個訊息。」我拿出碰巧響起的手機，希望拖延一點時間。

四姊怒叱：「手機關掉，現在可是大姊訓話的時候！」

「不，這是攝影大賽寄來的公告……」我定睛在手機螢幕。

「有贏嗎？」大姊關心地問。

「我點進去看看，等等，嗯……我查看看，一共有四人獲獎。」

「才四個人還不看快點！」四姊很急。

「結果……沒有看到羽化，也沒看到徐心夢，唉。」真的沒有，四個名額，金、銀、銅、佳作都沒看見，反覆確認，沒有就是沒有。

我垂頭喪氣。

看起來宇宙主宰還是沒給小夢鼓勵。又或者是在攝影這門學問中，用一般人的審美觀是行不通的，我百思不得其解，整個腦袋亂成一團。唯一值得慶幸的事，就是小夢完全不知道我替她私自去參賽，要不然豈不是受到二次傷害。

原本姊姊們興致勃勃要開啟弟弟批鬥大會，但小夢再度落選的群體低氣壓，暫時讓我隱藏於煙硝之中，沒有成為集火目標。

「一定是糞蟲弟弟填的作品名稱太差了。」四姊指著我。

「我也覺得『羽化』太過賣弄。」二姊在搧風點火。

「剛剛有關於弟弟帶女人回家，還彼此交換體液的嚴重問題尚未解決。」三姊將火引向我的藏身處。

到頭來，都是我的錯嗎？弟弟批鬥大會還是要開幕嗎？

雖然最近常常失靈，不過宇宙主宰，請救救我吧。

就在我閉上雙眼，準備任人蹂躪之際，我們家的門鈴響了。

五姊下床漫步去開門，五秒鐘後卻衝著回來。

「是、是小夢欸。」

「大家一定要鎮定，裝作若無其事的模樣。」大姊指揮群妹。

「那我去開門。」

我邊走邊擔憂，小夢這段時間好不容易恢復自信，要是再讓她知道作品落選，還是不被評審接受，會不會再度遭遇打擊，變成茶不思飯不想的失魂狀態？不行，一定要瞞住。

若無其事地打開家門，小夢的心情愉悅，雙手提著一塊大蛋糕，不知道是誰生日。

「唷，我來找學姊們吃蛋糕喝下午茶。」小夢笑彎了眉，一點都不知道作品的遭遇。

我領著她進門，一走進餐廳，就發現大姊正在做家事、二姊正在看基礎物理學、三姊正在玩撲克牌、四姊正在播美劇的ＤＶＤ、五姊正在發呆……

喂，不是說好要裝作若無其事嗎？這未免也太假了吧！

「各位，請替我慶祝。」小夢將大蛋糕放在餐桌，解開蛋糕盒的綁帶，「這一切都是多虧了大家。」

糟糕，小夢也不太正常了。姊姊們一起流露出同情。

「我在北部風華攝影大賽得到銀獎了！」小夢歡呼著，還拉開預藏的小禮炮。已經出現幻覺，她此時歡笑的情況淒涼得讓我差點哭出來。我過去拍拍她的肩，還是決定打破她的妄想。面對現實才是未來向上的唯一路徑，活在虛構的幻影中，那小夢就完蛋。

「別說了，我剛剛才查過絕對沒有妳的名字……咦？等等，妳怎麼知道我偷偷拿相片去參賽？」

「你也去參賽？」小夢一凝。

「對啊，我用妳的名字。」

「我是用你的名字欸。」

「「「「……」」」」五位姊姊似乎搞不懂現在是什麼情況。

「所以，妳用我的名字去參賽？」我想確認剛剛沒聽錯。

「對呀，你看。」小夢掏出手機，點出公布得獎的網頁，字正腔圓地念：「銀獎，作品名『不後悔』，攝影師『李狂龍』，噢耶！」

啪一聲，大姊扔掉抹布，二姊猛力闔上基礎物理學，三姊一拳敲在撲克牌上，四姊折斷ＤＶＤ，五姊怒吼著龍龍是超級笨蛋。我四肢開始發冷，似乎嗅到死亡的味道。

「養你到二十一歲，難道連自己名字都認不出來？」大姊很抓狂，「害我像白痴一樣擦地板。」

「我、我以為是同名同姓……這不能怪我……」我後退。

「全世界沒人會跟你同名同姓啦，混蛋蟲李狂龍！」

「這絕對是姓名歧視！」

我嚴正抗議四姊說的話。

但一點用都沒有，大姊的指關節已經扳得劈啪作響。

「先吃個蛋糕吧。」小夢巧妙地擋在即將修羅化的大姊面前，堆起可愛、和善、純真的笑容。

「好吧……看在妳的分上，香玲和金玲一起去準備紅茶、紅酒、甜點，記得拿最好的，今天要好好為小夢慶祝。」李家之主一言既出，我悄悄鬆一口氣，看來弟弟批鬥大會能暫時延期。

不過好好一個下午茶會，大姊和二姊喝紅酒，三姊、四姊、五姊、小夢喝紅茶，一起配著蛋糕、馬卡龍、巧克力布朗尼、蛋塔，有說有笑、氣氛愉快融洽，只有我蹲在牆邊喝白開水配吐司，可憐到我噘起嘴。

後來是五姊偷偷挖了一大塊法式布蕾夾在我的吐司裡，讓我在專屬於李狂龍的寒冬中得到一點溫暖，為今天冷冽窮困的生活注入一點希望，就算全世界的姊姊都抓狂，至少還有五姊疼我。

「好好吃喔……法式布蕾。」我不由得稱讚，珍惜地小口小口吃掉。

我奉大姊之命，開車送小夢回家。

陰暗的地下停車場，小夢的陽光笑容簡直能擺平一片黑暗。在我們坐進車內，引擎還未發動前，她從手提包中拿出兩個相框，什麼都沒說，直接推到我懷裡。

我知道她吃完一頓美好的下午茶心情甚佳，卻沒想到竟然佳到送禮物給我。

「下下禮拜六，我要去參加頒獎典禮，你陪我去，這是酬勞。」

「靠……我只是掛名的，還上臺去領獎？」

「這是當然。」

「為什麼要用我的名字？」我用小夢的名字，是希望她會得獎，讓她的實力被評審證明。不過，她用我的名字有何意義？我不懂。

「為了還你送我的大禮。」她淺笑。

「……是芷寧。」

「對，你讓我在她身上獲益良多。」小夢平鋪直敘地說：「相較起來，她的出身比我辛苦太多，可是她表現出的過人自信和獲勝渴望卻比我厲害太多。芷寧是一名自帶光芒的女生，我也想跟她一樣。」

「能這樣想就太好了。」

「芷寧能從街頭登上頒獎臺，因為她在撐竿跳方面是努力的天才，我就開始想，說不定我在攝影方面也是天才，只是少了努力……對不起，我是不是太自大了？」

「銀獎，不就表示妳不算自大嗎？」

「謝謝，你讓我明白這一切，所以我想看你站在臺上。」

「好吧，是不是還要準備得獎感言？」我邊說邊拿起兩個相框觀看。

愛心型相框內是一張我和五姊的合照，我們去南投的時候拍的。很明顯小夢修過這張相片，上頭的顏色變得更加亮眼，我們好像在發光，反正就是比我當初拍的美上一檔。

另一個是長方形的相框，裡面的照片是在全大運拍的，芷寧助跑完，準備要插竿起跳前的那一瞬間。問題是拍她就拍她，沒想到還拍到我跪在一旁，雙手握拳，雙眼遠望著芷寧的身影。雖然沒拍到我的正面，不過整個跪地的背影，看起來彷彿是我匯聚所有力量在期盼芷寧成功跳過。

更巧妙的是，我在前景，芷寧在後景，焦距是對在後景，所以我的身影偏大卻又模糊，對比起芷寧起飛前宛若張開雙翼的英姿，即使小卻又如此深刻。

「這是？」

「這次得獎作品，叫『不後悔』。」

「我超後悔的啊，堂堂八尺男兒，居然不小心就跪了。」而且還成為得獎作品，將來會在各地展示。

小夢哭笑不得地說：「這名字不是亂取的欸，打開相框，看照片後面。」

我依言拿開相框的背板，取出裡頭的照片，果然在背面看見小夢親筆寫的字。

人無論做出什麼選擇都會後悔，然後又在後悔中做出下一個註定後悔的選擇，不停地循環——這是一張被害者替加害者祈禱的照片，記錄著真實的原諒和愧疚。

如果相片的主角非要挑出可能不後悔的選擇，原諒正在起飛的少女必定是其中之一。

「其實我沒這麼了不起……」我小心謹慎地裝回照片。

「你覺得芷寧能超乎預期，一舉打破全大運的撐竿跳紀錄，原因是什麼？」小夢突然問。

「專業的教練、絕頂的天分、不懈的努力、嚴酷的訓練……嗯，我在嚴酷這方面，是有出到一點力。」我摸著下巴鬍碴。

「是得到解脫的心。」她舒適地靠在椅背，篤定道：「卸下心中的大石，當然跳得更高呀。」

雖然小夢不是什麼體育專家，接觸撐竿跳也是前陣子的事，不過看她說得不容懷疑、莫名自信的模樣，連我這種在田徑圈打滾幾年的前運動選手都被說服，真是不可思議的魔力。

「人生的每個環節還真的是一環扣著一環，如果時光倒流，能回到我被刺的深夜……大概，我依舊會選再被刺一刀，儘管有些對不起為我難過的諸位姊姊。」我啟動引擎，自顧自地將車開出車位，離開地下停車場，「應該這樣說，原本我很後悔自己沒用，被刺重傷導致二姊被大姊趕回日本，可是現在來看，我又不太後悔了。」

「為什麼？」小夢凝視著我問。

「要是我不乖乖被刺，害妳今天得不了獎怎麼辦？」蝴蝶效應真可怕。

「你……」她甩過頭去，情願看車窗也不看我，「神經病，別再對我說這種話了，這樣學姊們會很難過。」

「沒那麼嚴重啦。」我駛在內側車道，輕輕搖搖頭。

說實話，小夢得不得獎是其次，畢竟這個獎是掛我的名字，對她未來的就業和履歷沒有幫助。不過能讓她恢復自信，說說獨樹一格的看法與言論，才是我不後悔被刺的最主要原因，能讓小夢獲得勇往直前的能量，就算是值得。

她曾經在我最低谷時伸出援手，我也許做不到兩肋插刀，至少一肋插刀還行。送小夢回到家，下車，她還用不太溫柔的語氣要我開慢一點，我揮手道別。沿著相同的路徑開回家。

我內心深處也燃起了重新開始、再度奮發的熊熊火焰。因為轉系的關係，估計明年要從大二開始，眼前急迫的轉系考，讓我渾身燥熱，和上場比賽前的感覺很類似。

認識的每個人都在為自己的未來奮鬥，不能被扔下的信念，害我這陣子讀書讀得異常認真。大姊事業有成，我就不提了；二姊差不多要成為真正的髮型設計師，已經和髮廊簽下新約；三姊還未畢業，面試卻不過是排場，過人的才氣幾乎預定直升研究所；四姊前幾天於百貨公司邀請的第一場商業演出登場；五姊嘛，相對比較平凡一點，所有科目都及格，順利升上大四沒問題。

小夢在剛剛的下午茶時間，確定要去大姊的公司面試。也許只是暫時的工作，但不錯的收入可以減緩她的家庭壓力，等未來有更適合發揮的地方，大姊承諾無條件放她走。

沒有理由，就很想再慶祝一下，反正我們家常常在慶祝各式各樣的事，今天就算是慶祝兩次也沒關係吧。

我特地去大賣場，買了烤肉架、豬肉、牛肉、醬料、木炭，以及其他整整兩大袋有的沒有的東西，打算烤整晚的肉，邊吃邊喝邊玩玩桌遊，一家子歡天喜地，直到累了，不小心睡著為止。

至於要慶祝什麼，我也想好說辭，就說慶祝李家全員發展順利，每個人都在適合自己的正確道路上，沒有走歪、沒有半途放棄，一片欣欣向榮。

反正就當成過母親節，偶爾該是我好好孝敬五位姊姊，以慰她們平時的辛勞，五姊就別再弄晚餐，一切交給我搞定。

我背著兩大袋重物，鎖好車，按電梯，偷偷期待等等姊姊們會稱讚我孝順。畢竟我難得負責李家的伙食，不敢說她們一定滿意，不過堅定的孝心她們會感受到，大姊說不定會再度喜極而泣。

電梯門打開，我一手提兩袋、一手拿鑰匙開家門。

一踏進家裡，我大聲呼喊：「一起來烤肉吧！」

卻發現五位姊姊有如神主牌一個接一個坐在沙發，個個臉色凝重，難道家裡又發生什麼問題？

我心生不妙地抬高視線，發現沙發上方的牆面掛著一片白布條，上面一共寫了六個字——

弟弟批鬥大會。

「妳們到底有完沒完啦！」我已經崩潰。

「得罪了大姊還想走？」四姊搶先發難。

「要讓弟迪好好記取教訓。」二姊舔唇。

「每件事都有其代價。」三姊推推眼鏡。

「別以為我會讓弟弟隨便帶過就算了！」大姊的怒意鋪天蓋地而來。

幾秒鐘前，我還認為姊姊們會如母親一般好好對待我，卻沒想這什麼狗屁弟弟批鬥大會，證明有五個姊姊的我就註定要萬劫不復了啊！

「請問，我該怎麼做才能取得原諒……」不再解釋喝錯飲料的事，直接問怎麼解決比較快。

「弟弟知錯，可從輕發落。」三姊替我說話。

「既然蠢蛋蟲弟弟都知道該低頭，的確能放他一馬。」四姊居然也替我說話。

「好吧，大姊，看在弟迪誠心誠意發問，就給他個機會吧。」二姊替我說話的同時，我開始感覺到不對勁。

這時，大姊從背後抽出一張根本就是早早準備好的Ａ４紙，向前一推，紙張輕飄飄地落在桌面，我趕緊拾起，膽顫心驚地閱讀——

本人因為不守姊弟道，在外面與女生曖昧不清，辜負妹妹們的期待、傷害妹妹們的心意、重挫妹妹們的尊嚴，罪大惡極，罪無可赦，後蒙妹妹們寬宏大量，給予一條生路。

是故，本人願意在此立誓，今生今世全心全意對待五位妹妹，並且於大姊說OK之際，**無條件成為五妹李香玲的人生伴侶**，如有違背雞雞爛掉，被天下女性唾棄。

立誓人：

看完，我滿頭大汗。

五妹羞澀地拿出筆和我的印章。

這是賣身契啊！

「……龍龍，對不起嘛。」她用無聲的嘴型對我道歉。

還不是妳大驚小怪，只不過是喝錯飲料而已，鬧到大姊過度認真，害我如今進退兩難。

五妹抿起脣，垂下兩邊的眉，一副凶手裝成被害者的可憐模樣，根本是披著羊皮的狼，還指認我這頭羊是狼啊。

像妳這種整天陷害弟弟完還要裝可愛假無辜的姊姊，愛吃莫名其妙的醋，還擔心什麼亂七八糟的倦怠期，鬧得我整天雞飛狗跳，又愛黏人，晚上睡姿又差，近乎病態地喜歡熊貓和做家事，完全不顧我的感受，一有困難就在那邊「龍龍～拜託拜託嘛」，用無恥的惡意賣萌讓我智商降低去替妳賣命。

說真的，除我之外還有誰受得了妳？還說什麼「我想被磨成龍龍願意生活一輩子的人」，結果是我被磨成最適合和李香玲生活一輩子的人，立場整個顛倒。

「真是受不了妳。」我哭笑不得。

在紙上立誓人旁，簽下後悔也甘之如飴的承諾——

李狂龍。

後記

跟李家姊弟告別之後，別太快忘記我啦，新作《愛徒養成有賺有賠，後果請參閱本書》會很快跟各位見面。

歡迎加我的 Facebook（啞鳴）和 LINE（@vcp3197d）。

啞鳴

國家圖書館出版品預行編目資料

有五個姊姊的我就註定要單身了啊F / 啞鳴 作.
一初版. 一臺北市：尖端出版, 2015.8
冊 ; 公分
ISBN 978-957-10-6082-8(平裝)

857.7　　　　104008730

浮文字
有五個姊姊的我就註定要單身了啊F

著　　者／啞鳴
發 行 人／黃鎮隆
總 編 輯／洪琇菁
執行編輯／楊國治
企劃宣傳／邱小祐、劉宜蓉
封面插畫／迷子燒
副總經理／陳君平
國際版權／黃令歡
美術編輯／李政儀
內文排版／謝青秀

出版／城邦文化事業股份有限公司　尖端出版
台北市中山區民生東路二段一四一號十樓
電話：(〇二)二五〇〇七六〇〇
傳真：(〇二)二五〇〇二六八三
E-mail：7novels@mail2.spp.com.tw

發行／英屬蓋曼群島商家庭傳媒股份有限公司城邦分公司　尖端出版
台北市中山區民生東路二段一四一號十樓
電話：(〇二)二五〇〇—七六〇〇(代表號)
傳真：(〇二)二五〇〇—一九七九

北部經銷／祥友圖書有限公司
電話：(〇二)八五一二—三八五一
傳真：(〇二)八五一二—四二五五

中彰投以北經銷(含宜花東)／楨彥有限公司
電話：(〇二)八九一九—三三六九
傳真：(〇二)八九一四—五五二四

雲嘉經銷／智豐圖書股份有限公司　嘉義公司
電話：(〇五)二三三—三八五二
傳真：(〇五)二三三—三八六三

南部經銷／智豐圖書股份有限公司　高雄公司
電話：(〇七)三七三—〇〇七九
傳真：(〇七)三七三—〇〇八七

一代匯集／香港九龍旺角塘尾道六十四號龍駒企業大廈十樓B&D室
電話：(八五二)二七八三—八一〇二
傳真：(八五二)二七八二—一五二九

馬新經銷／城邦(馬新)出版集團Cite (M) Sdn. Bhd.
E-mail：cite@cite.com.my

法律顧問／王子文律師　元禾法律事務所
台北市羅斯福路三段三十七號十五樓

二〇一五年八月一版一刷
二〇一八年三月一版六刷

■中文版■

郵購注意事項：
1. 填妥劃撥單資料：帳號：50003021戶名：英屬蓋曼群島商家庭傳媒(股)公司城邦分公司。2. 通信欄內註明訂購書名與冊數。3. 劃撥金額低於500元，請加附掛號郵資50元。如劃撥日起 10～14日，仍未收到書時，請洽劃撥組。劃撥專線TEL：(03)312-4212 ・ FAX：(03)322-4621。E-mail：marketing@spp.com.tw